CHANGER DE VIE, UNE AMBITION MODERNE

Fabien Trécourt

Journaliste scientifique.

Quelle aurait été notre vie si nous avions fait d'autres choix ? Serions-nous devenus quelqu'un d'autre, peut-être une meilleure personne ? Subissons-nous encore aujourd'hui les conséquences d'évènements et de décisions du passé, ou pourrions-nou s repartir à zéro dans une nouvelle direction ? Ces interrogations sont au cœur du roman graphique *Quartier lointain* (2022), de Jirô Taniguchi. Dans cette histoire, un cadre désabusé proche de la cinquantaine perd connaissance et se réveille dans la peau de celui qu'il était à 14 ans, alors qu'il vit encore chez ses parents et doit aller au collège. Bénéficiant d'une connaissance de l'avenir et d'une maturité d'adulte, il a le pouvoir de faire d'autres choix, de prendre de meilleures décisions et de redéfinir toute sa vie. S'il réalise un fantasme largement partagé – résumé par le proverbe « si la jeunesse savait, si la vieillesse pouvait » –, ce manga en montre aussi les limites. Il suggère que nous aurions beaucoup à perdre, même si nous n'en avons pas toujours conscience, et que les évènements les plus déterminants de notre vie ne dépendent pas forcément de nous.

Au fil des pages, J. Taniguchi ravive un fatalisme au cœur des sagesses antiques, aussi bien taoïstes que stoïciennes : on n'échappe pas à certaines formes de destin ; plutôt que de rêver de changer de vie, nous gagnerions donc à travailler sur nous-mêmes pour apprécier celle qui nous a été offerte.

Deviens ce que tu es

Dans l'Antiquité grecque, la plupart des philosophes défendent l'idée d'une prédestination des âmes et préconisent de chercher à comprendre quel rôle nous a été attribué. C'est le sens de deux préceptes hérités de cette époque : « Connais-toi toi-même », inscrit au fronton du temple de Delphes, et « Deviens ce que tu es », selon une formule du poète Pindare dans les *Pythiques* (5e siècle avant notre ère). Ces maximes suggèrent que nous devrions toujours accepter nos limites, ne pas chercher à nous dépasser ni à changer. Dans un même esprit, les cyniques, les stoïciens ou encore les épicuriens préconisent d'abandonner toute quête de plaisirs superficiels, les excès et les biens illusoires, afin de travailler sur soi pour parvenir à plus de sagesse et d'authenticité. Aujourd'hui, cette ascèse s'apparente à un changement de vie. Mais ces philosophes n'avaient pas tant cette impression que celle de renouer avec leur véritable nature et d'accomplir leur destin[1].

1- N. Marquis (dir.), *Le Changement personnel. Histoire, mythes, réalités*, éd. Sciences Humaines, 2015.

Pour que l'idée de « choix de vie » ait le sens qu'on lui donne aujourd'hui, il faut présupposer une autre conception de l'être humain : libéré des entraves de la fatalité, suffisamment autonome pour se déterminer et tracer sa propre voie.

Dans ses *Essais sur l'individualisme* (1983), l'anthropologue Louis Dumont situe l'émergence de cette conception à la fin du Moyen Âge et surtout à la Renaissance. L'Occident sort progressivement d'un type de société dit « holiste », où la vie de toute personne est définie par des forces qui la dépassent – caste, nature ou encore divinité[2]. Le christianisme et la Réforme protestante encouragent le développement d'une pensée personnelle, rationnelle et libérée des dogmes institutionnels. La révolution copernicienne et l'émergence de la physique moderne suscitent aussi un changement de regard : l'individu apparaît davantage comme une entité neutre, soumise à des lois mécaniques pouvant faire l'objet d'une description mathématique, plus qu'à un destin ou à la providence.

Pour des philosophes comme Baruch Spinoza et Gottfried Leibniz, ces descriptions induisent encore que nous sommes pris dans des chaînes de cause à effet, échappant pour l'essentiel à notre libre arbitre ; il serait illusoire de croire en une totale faculté d'autodétermination des individus. Pour René Descartes en revanche,

---

2- X. Molénat (dir.), *L'Individu contemporain. Regards sociologiques*, éd. Sciences Humaines, 2014.

les humains ont été créés à l'image de Dieu et doivent donc être dotés d'une même liberté infinie. « Notre liberté se connaît sans preuve par la seule expérience que nous en avons » (*Discours de la méthode*, 1637). Intuitivement, nous sentons que nous pouvons à tout instant aller à droite ou à gauche, répondre oui ou non, etc. En définissant l'être humain comme un sujet libre et autonome, pouvant par ailleurs découvrir des vérités éternelles grâce à sa propre intelligence, la philosophie de Descartes marque la naissance de l'individualisme moderne[3].

De l'autonomie au développement personnel

Consacrée par la Révolution française, cette conception de l'individu devient politique : l'être humain est progressivement défini comme libre, autonome et appelé à s'émanciper. Dans *De la démocratie en Amérique* (1835), le philosophe Alexis de Tocqueville souligne que les régimes démocratiques tendent à favoriser l'individualisme : libéré des attaches traditionnelles – religieuses, institutionnelles… –, chacun deviendrait plus soucieux de prendre soin de lui-même et de ses proches. Aux États-Unis en particulier, cette « indépendance » (« *self-reliance* ») prend une dimension personnelle au milieu du 19e siècle. Dans *La Confiance en soi* (1841) notamment, le philosophe

3- A. Laurent, *Histoire de l'individualisme*, PUF, 1993.

Ralph Waldo Emerson défend l'importance de s'arracher à l'influence des structures collectives, pour croire en soi, en son identité personnelle et en ses intuitions, et réinventer sa vie à chaque instant en toute liberté.

Cette approche de l'émancipation fait école aux États-Unis, tant dans des courants philosophiques établis – pragmatisme, perfectionnisme moral… – que dans la culture populaire. Au début du 20e siècle notamment, les premiers avatars du développement personnel rencontrent un immense succès. À l'image d'un manuel du conférencier Dale Carnegie : *Comment se faire des amis et devenir influent* (1936), qui s'écoulera à des millions d'exemplaires. Au sortir de la Seconde Guerre mondiale, les États-Unis triomphent sur la scène internationale et commencent à diffuser toute cette culture du développement personnel à travers le monde. Celle-ci se structure surtout dans les années 1960 au sein de la contreculture californienne. Pour les partisans de la psychologie humaniste notamment, comme Abraham Maslow, les approches traditionnelles de la psychologie – béhaviorisme, psychanalyse… – font une erreur en se concentrant sur les pathologies et les névroses. Elles négligent d'autres besoins pourtant essentiels de la vie psychique, comme celui de s'épanouir et de progresser.

De manière générale, observe le philosophe Michel Lacroix[4], les différentes écoles du développement

---

4- M. Lacroix, *Le Développement personnel*, Flammarion, 2004.

personnel – comme la programmation neurolinguistique ou plus tard la psychologie positive – proposent de prendre conscience de nos pensées limitantes et de les remplacer par des croyances dynamisantes, grâce des exercices pratiques : transe ou hypnose, autosuggestion consciente, expériences en dehors de sa zone de confort... Au-delà de la réalisation de soi, le développement personnel préconise d'explorer pleinement toutes les possibilités de vie qui nous sont offertes, et de devenir chaque jour un peu meilleur.

Dans le contexte prospère des trente glorieuses (1945-1973), la performance et l'épanouissement sont supposés relever d'une démarche volontaire. À l'image du *self-made-man* américain, tout le monde devrait pouvoir rompre avec son passé pour se réinventer, créer de nouvelles activités, ou encore vivre la grande aventure de sa vie. Néanmoins, cet imaginaire s'effrite à partir des années 1980. *Dans La Société du risque* (1986), le sociologue Ulrich Beck estime que nous entrons dans une « autre modernité » : les individus sont en proie à davantage d'incertitudes et d'instabilité, notamment sur les plans professionnel et familial. Le sociologue Robert Castel confirme cette analyse dans *L'Insécurité sociale* (2003). Les mutations du travail, l'affaiblissement des protections sociales et la reconfiguration des rapports de classe plongent beaucoup de personnes dans de nouvelles formes de précarité et d'exclusion. Dans ce cadre, les ruptures biographiques semblent davantage subies que choisies.

Injonction au changement

La mobilité reste toutefois valorisée, socialement et politiquement[5]. Réussir sa vie, dans l'imaginaire collectif, c'est avoir saisi un maximum d'opportunités, tenté de nouvelles expériences, être parti loin de son milieu d'origine et progressé sur l'échelle des classes sociales.

Cette injonction au changement perpétuel comporte néanmoins des angles morts[6] : d'une part, les transformations profondes et pérennes ne sont pas forcément l'objet d'une décision volontaire, mais peuvent s'imposer au fil du temps de façon plus ou moins inconsciente. D'autre part, changer de cadre de vie ne règle pas tous les problèmes, car c'est encore se retrouver face à soi et potentiellement confronté aux mêmes sources de souffrance. Enfin, si le changement peut être une richesse, il est possible de refuser les injonctions à la mobilité et à la performance, pour se contenter d'une vie simple et heureuse. Comme le résumait Montaigne dans ses *Essais* (16e siècle), « il n'est rien de si beau et légitime que de bien faire l'homme et dûment, ni science si ardue que de bien et naturellement savoir vivre cette vie ».

5- N. Auber (coord.), *La Société hypermoderne : ruptures et contradictions*, L'Harmattan, 2010.

6- L. Schmitt, *Les Lapsus du destin. Nos choix de vie*, Odile Jacob, 2023.

L'autonomie, un concept révolutionnaire

Le concept d'autonomie occupe une place cardinale dans la théorie du *Contrat social* (1762) de Jean-Jacques Rousseau, établissant que « l'obéissance à la loi qu'on s'est prescrite est liberté ». Dans la *Critique de la raison pratique* (1788), Emmanuel Kant définit aussi l'autonomie comme la capacité de toute personne à élaborer en son for intérieur des règles morales universelles pour diriger sa vie. La Révolution française consacre cette conception de l'individu: la Déclaration des droits de l'homme et du citoyen de 1789 définit toute personne comme libre de fixer ses propres lois et de choisir son destin. L'abolition des ordres de l'Ancien Régime (noblesse, tiers état…) permet notamment de rêver de mobilité sociale et d'amélioration de sa condition. Changer de vie devient possible.

F. T.

LE SYNDROME DE LA CHAMBRE D'HÔTE

Héloïse Lhérété

Directrice de la rédaction de *Sciences Humaines*.

Pour dissuader ses lycéens de faire les Beaux-Arts, l'École du cirque ou une licence de psycho, un proviseur avait coutume de leur raconter cette histoire : « J'avais deux copains. Ils adoraient tous les deux la montagne. Chaque week-end, ils partaient ensemble en randonnée dans les Alpes. Le bac en poche, le premier d'entre eux choisit d'en faire son métier. Il devint guide de haute montagne. Aujourd'hui, il gagne difficilement le smic. Les randonneurs sont rares, et souvent médiocres. À mi-parcours, il doit souvent faire demi-tour. Les sommets, il ne les voit jamais. À 40 ans, il est usé. Mon second copain fit des études de commerce. Il est devenu directeur financier dans une grande entreprise. Chaque vendredi, il s'envole vers les plus beaux sommets d'Europe. Il s'offre les meilleurs guides, gravit les montagnes, s'éclate… Lequel des deux assouvit le mieux sa passion ? » Grâce à cette anecdote, le proviseur s'enorgueillissait de n'envoyer aucun bachelier vers des filières bouchées. Seulement voilà : depuis trois ans, le proviseur a perdu son bagout. Car l'histoire a pris un tour inattendu.

Le directeur financier, sans doute moins heureux qu'il l'affichait, a tout plaqué : son job, son entreprise, sa vie parisienne et son appartement cossu. Il a ouvert un gîte de randonneurs en Haute-Savoie... Ses enfants l'ont traité de fou. Lui se déclare enfin « en phase » avec lui-même.

Ce cas n'est pas isolé. Il suffit de se promener dans une campagne française pour prendre la mesure du phénomène. Des panneaux « chambres d'hôte » ont fleuri partout le long des routes. En trente ans, leur nombre est passé de 4 500 à plus de 60 000, selon la direction du Tourisme du ministère de l'Emploi, qui ne recense que les maisons d'hôte labellisées par les principales organisations (Gîtes de France, Clévacances, etc.). Et sans compter tous les AirBnB !

La fin des parcours linéaires

Plus qu'à un changement de métier, c'est à un changement de vie auquel aspirent ces individus. Citadins pour la plupart, ils ont entre 30 et 50 ans, avec une tendance au rajeunissement ; ils sont « installés » sur le plan professionnel, en couple ou divorcés. Ils se disent prêts à quitter travail et confort, à s'éloigner de leurs amis, à « gagner moins pour vivre mieux ». Une fois leur projet abouti, ils parlent de liberté, d'harmonie, de renaissance. Le magazine *Changer tout* résume l'ambition de leur reconversion. « Nous avions l'intention d'appeler ce journal *Changer de vie*, révèle sa fondatrice,

Marie de la Forest. Mais au dernier moment, nous nous sommes rendu compte que ce titre était déjà déposé par Arthur, le producteur de télévision. » L'anecdote est révélatrice. Le changement personnel, valorisé depuis une trentaine d'années, serait-il devenu une incantation collective ?

Pour la sociologue Catherine Négroni, auteur de *Reconversions professionnelles volontaires*[1], ce mouvement est à la fois individuel et social. Certes, l'individu, actif et volontaire, est le seul initiateur de sa reconversion. Mais la société, en érigeant en diktat le changement et la « vocation de soi », en fait une expérience sociale. Ce phénomène, poursuit la sociologue, résulte à la fois de la crise de l'emploi, qui encourage chacun à être plus mobile, et d'un bouleversement des valeurs qui cimentent société : « Jusqu'aux années 1970, le projet de vie des individus était surtout construit à partir des catégories de la famille heureuse, de l'accession à la propriété familiale. Aujourd'hui, il est davantage question de réalisation de soi, de quête de l'identité personnelle. » Le mythe du retour aux sources, l'engouement écologique, le rejet des transports en commun et des rythmes professionnels épuisants peuvent aussi constituer de puissants ressorts.

1- C. Négroni, *Reconversion professionnelle volontaire. Changer d'emploi, changer de vie. Un regard sociologique sur les bifurcations*, Armand Colin, coll. « sociétales », 2007.

L'effet cocotte-minute

Si sept millions de citadins rêvent de refaire leur vie aux champs, tous ne passent pourtant pas à l'acte. « Il y a toujours un événement déclencheur », constate M. de la Forest. Elle-même a quitté Paris et son poste de directrice de la rédaction de *Télé Star*, il y a neuf ans, pour fonder sa propre agence à Lectoure, dans le Gers. « Mon fils, allergique à la pollution, a fait une crise d'asthme terrible, se souvient-elle. En quinze jours, j'ai tout vendu, et je suis partie m'installer dans le Gers. »

La sociologue Claire Bidart, qui a réalisé une enquête qualitative[2], utilise la métaphore de la cocotte-minute pour caractériser ce « scénario de crise » qui conduit l'individu à une remise en plat de son expérience. Une crise survient à l'issue d'une période de quelques mois, pendant laquelle la pression – professionnelle, familiale ou existentielle – ne cesse de monter. Une dispute avec un patron peut faire « sauter le couvercle ». Des événements privés – divorce, naissance, deuil ou problème de santé – peuvent aussi jouer un rôle clé dans la bifurcation. « L'importance du changement opéré provient de ce que cette crise traverse diverses sphères de la vie, le contamine mutuellement (…). Ici, tout est mêlé et accéléré », souligne la sociologue.

2- C. Bidart, « Crise, décisions et temporalités : autour des bifurcations biographiques », *Cahiers internationaux de sociologie* vol CXXX, PUF, 2006.

Il n'est guère étonnant, dès lors, que la bifurcation professionnelle et le déménagement prennent des allures de « conversion identitaire » (Claude Dubar, *La Crise des identités*, PUF, 2000). Elle oblige à une réflexion sur soi-même et à un inventaire des possibles. Le sujet négocie avec lui-même le prix de sa liberté. Cette introspection est un préalable à la planification de son projet, alors vécu comme un choix positif.

Le coût de la liberté

Il reste un mystère : pourquoi l'ouverture d'une chambre d'hôte reste le fantasme premier des Français qui souhaitent changer de vie ? Il existe après tout mille manières de refaire sa vie : partir à l'étranger, faire de l'humanitaire, passer un concours de la fonction publique, se lancer dans une carrière artistique… Dans *Changer de vie. Se reconvertir, mode d'emploi* (Village Mondial, 2002), Marie-Pierre Noguès-Ledru et Anne Claret-Tournier donnent des indices. À partir de récits de vie, les auteures dissèquent les motivations des candidats à la reconversion professionnelle. Elles établissent cinq catégories : se mettre au vert, se mettre à son compte, se consacrer aux autres, vivre sa passion, partir loin. Quelle activité, sinon l'hébergement touristique, permet de conjuguer toutes ces motivations ?

Pour se lancer, il est préférable d'avoir quelques subsides et un bon carnet d'adresses. Avec une rentabilité de 1 500 à 3 000 euros par chambre et par an (source :

Agence pour la création d'entreprise), l'aventure tourne parfois court. D'où un tout nouveau phénomène. Forts des expériences, parfois malheureuses, de leurs aînés, certains jeunes anticipent. Dans les écoles de commerce, dans les couloirs de places financières, il arrive aujourd'hui de croiser de jeunes adultes de 20 ou 25 ans qui prévoient d'ouvrir une maison d'hôte « dans une quinzaine d'années ». Une crise du milieu de vie en somme inscrite dans leur plan de carrière.

CHANGER POURQUOI, CHANGER COMMENT ?

Claudie Bert

Journaliste scientifique.

WHAT
NOW?

Changer sa vie… Se changer… Tout le monde en a envie, un jour ou l'autre – mais certains seulement passent à l'acte. Pourquoi ? Comment ? Trois livres – tous trois sortis le même mois – abordent ce sujet sous des angles différents. Luce Janin-Devillars, psychanalyste, met l'accent sur les résistances au changement[1]. Jean Cottraux, spécialiste de thérapies comportementale et cognitive, montre comment détecter et modifier les « scénarios de vie[2] ». Willy Pasini, psychothérapeute, et Donata Francescato, psychologue, font une place au changement social[3] ; leur livre est le seul à présenter différents modèles de thérapie, tous illustrés d'exemples.

Des trois ouvrages, il ressort que changer sa vie et se changer soi-même sont des approches très voisines, car l'une retentit sur l'autre.

1- L. Janin-Devillars, *Il n'est jamais trop tard pour changer sa vie*, EDLM, 2001.

2- J. Cottraux, *La Répétition des scénarios de vie*, Odile Jacob, 2001.

3- W. Pasini et D. Francescato, *Le Courage de changer*, Odile Jacob, 2001.

Désir de changement

L. Janin-Devillars distingue le « besoin de changer » de « l'envie de changer ». Le « besoin de changer » répond à une motivation négative: se soustraire à une situation qu'on ne supporte plus, quitter un partenaire, un travail qu'on n'aime plus... Le besoin de se changer, lui, apparaît souvent dans un second temps: lorsque celui qui souffre de sa situation se rend compte que c'est sa propre personnalité qui l'y a conduit et/ou l'y tient enfermé. Il en est ainsi dans les « scénarios de vie » dont J. Cottraux dresse une liste: conflits à répétition avec les autres, choix répétés de partenaires insatisfaisants, incapacité de prendre une décision, accidents à répétition...

L'« envie de changer » répond à une motivation positive: aller vers un autre ou un ailleurs qui attire. Elle progresse sourdement, « elle hante les rêves nocturnes, les fantasmes éveillés », selon l'expression de L. Janin-Devillars – ou elle apparaît brutalement: révélation religieuse, coup de foudre... Un coup de foudre qui n'est pas seulement amoureux: on peut en avoir pour un endroit ou pour une occupation. Ainsi, Edith accepte de remplacer, pendant ses vacances, un ami cuisinier qui s'est cassé le bras; cela lui plaît beaucoup plus que son travail de cadre d'entreprise; alors, elle démissionne et s'achète un restaurant.

Disons enfin un mot du changement compulsif, dont le « complexe de Don Juan » constitue un bon exemple : Don Juan quitte Julie pour aller vers Catherine parce que Catherine est nouvelle dans sa vie ; s'il l'avait rencontrée en premier, c'est elle qu'il quitterait pour Julie. D'autres drogués du changement vont de pays en pays, d'appartement en appartement…

Les obstacles matériels existent, bien sûr : manque d'argent, de temps, du diplôme requis… Nos trois ouvrages ne font que les mentionner pour s'attarder sur des obstacles plus difficiles à franchir, parce que nous n'avons souvent pas même conscience de leur existence.

Ces barrages internes, L. Janin-Devillars les appelle « résistances » ; J. Cottraux, « schémas cognitifs » ; W. Pasini, « prisons internes » – appellations différentes pour des réalités très voisines. Ils se sont mis en place dès l'enfance, en général, à cause de la façon dont nous avons été traités, des modèles parentaux dont nous nous sommes imprégnés, des valeurs familiales que nous avons intériorisées. Ils se sont transformés en croyances qui guident nos actes sans que nous nous en rendions compte, tant ils nous paraissent évidents : « une femme ne doit pas chercher à dépasser les hommes », « un homme ne doit pas se montrer faible », « je ne mérite pas d'être aimé(e) », « je suis « nul(le) »… Ainsi, Stéphane s'accroche à des femmes qui le rejettent parce qu'il s'est senti rejeté par sa mère, et ne se croit donc pas « aimable ».

Les barrages internes au changement sont souvent ignorés de nous – parce que notre inconscient use de ruse pour nous les cacher. Le camouflage le plus fréquent est la rationalisation : on se donne des explications rationnelles. Anna vit seule à 35 ans ; elle aimerait se marier, elle envisage même de recourir à une agence matrimoniale – mais elle se trouve de bonnes raisons pour reculer sa démarche : dans son entreprise, il n'y a que des hommes, elle perdra toute autorité sur eux s'ils la voient enceinte ; dans ces agences, il n'y a que des escrocs… Ainsi parvient-elle à se dissimuler sa peur des hommes. La rationalisation marche d'autant mieux qu'elle s'auto-entretient, notamment grâce à l'attention sélective : une personne qui justifie sa méfiance perpétuelle en clamant qu'il y a des voleurs partout ne verra pas les gens honnêtes, mais seulement les autres, dont chacun, en s'ajoutant à sa liste noire, la renforcera dans sa conviction qu'elle a raison de se méfier !

La peur du changement n'est pas toujours déraisonnable, tant s'en faut. Tout changement comporte un risque, et a un coût ; il est donc normal d'hésiter, de peser le pour et le contre. Mais si le bilan de cet examen est positif, et que nous n'arrivons pas à changer, et surtout, si c'est là un scénario à répétition, mieux vaut admettre que la peur raisonnable camoufle des craintes irrationnelles, dont nous avons intérêt à rechercher les racines.

La première condition, pour changer, c'est de le vouloir vraiment. Nous rêvons tous, un jour ou l'autre, de changer notre vie, comme l'écrit Jean de La Fontaine dans *La Laitière et le Pot au lait*: « Quel esprit ne bat la campagne? Qui ne fait châteaux en Espagne? » Il n'y a pas de mal à cela... à condition de ne pas nous duper nous-mêmes. Cela arrive parfois: à force de rêver d'un changement de vie, de peaufiner en pensée son projet, on finit par se persuader que cela vaut réalisation, alors même qu'on n'a entrepris aucune démarche. Voilà pourquoi une Américaine, créatrice d'un séminaire pour aider les gens à réaliser leur rêve, avait imposé aux participants de faire un pas dans le sens de la réalisation après chaque séance, fût-ce un tout petit pas, tel qu'un coup de téléphone. Le changement est action avant tout.

Vouloir vraiment changer est donc nécessaire, mais est-ce suffisant? Non, dans les cas où un barrage intérieur fait obstacle, répondent à la fois J. Cottraux et W. Pasini: le recours à une thérapie sera souvent nécessaire pour comprendre d'où vient l'obstacle, et pour le franchir. J. Cottraux présente en détail la thérapie cognitive, qui s'attache, non à explorer le passé, mais à modifier les comportements et les représentations mentales; W. Pasini décrit plusieurs types de thérapie, toujours illustrés d'exemples: psychanalyse, thérapie comportementale et cognitive, thérapie systémique, thérapies corporelles comme la bioénergie...

Bien entendu, nos quatre auteurs admettent qu'une thérapie n'est pas toujours nécessaire. J. Cottraux indique même une marche à suivre aux candidats au changement personnel. Mais il s'adresse à ceux qui veulent changer leur vie, non à ceux qui veulent se changer eux-mêmes.

Un bon moyen d'évoluer dans le sens que l'on désire est de choisir un environnement, au sens large – cadre de vie, métier, loisirs, amis – qui vous y pousse. Ainsi, Nicole et Jean, un jeune couple, se découvrent du goût pour la décoration, une passion commune pour la brocante, bref, ils découvrent un nouvel art de vivre après avoir quitté leur ancien appartement et acheté une maison : « Avec l'achat de la maison, notre regard a changé, nous nous sentons plus intelligents, plus cultivés. » Leur exemple montre qu'un simple déménagement peut modifier le style de vie, la confiance en soi. *A fortiori* est-ce vrai pour un rôle, familial ou social. Aucun de nos ouvrages ne signale combien le rôle peut influer sur la personne ; et pourtant, on en connaît maints exemples historiques. Le plus célèbre, plusieurs fois porté sur la scène ou à l'écran, est celui de Thomas Becket. On connaît l'histoire : le roi Henri II d'Angleterre, lassé de se heurter à l'opposition de l'Église, destitue l'archevêque de Canterbury et le remplace par son ami T. Becket, un jeune homme cynique, aux mœurs corrompues. Il en espère un soutien total. Or, une fois archevêque, T. Becket adopte des mœurs austères et défend si bien les droits de l'Église contre le roi que celui-ci le fait assassiner en 1170…

Vivre avec le changement

Jean-Claude, après avoir tout fait pour épouser la femme qu'il aime, sabote son propre succès. Il découvre qu'il se sent coupable d'avoir réussi en brisant deux familles, la sienne et celle de sa maîtresse. Un sentiment que l'on rencontre fréquemment chez les gens d'origine modeste qui ont fait un bond en avant sur l'échelle sociale, ou chez les enfants d'immigrés qui s'intègrent à la société d'accueil : ils supportent mal l'écart qui s'est creusé entre leur famille et eux.

Changer ne suffit pas ; encore faut-il « accepter le changement », comme l'écrit L. Janin-Devillars. Cela ne va pas de soi. Changer, c'est faire le deuil de ce que l'on quitte : son enfance, des camarades de travail… C'est aussi prendre le risque d'un pari sur l'avenir. D'où un trait de personnalité important à prendre en compte si l'on envisage de bouleverser sa vie : l'aptitude à rebondir après un échec. Ceux que le moindre revers abat et prive de confiance en eux-mêmes feraient bien d'y regarder à deux fois avant d'agir – ou alors, de commencer par changer leur réaction à l'échec !

Mais on a aussi le droit de ne pas vouloir changer ! Notre époque valorise tellement la mobilité, l'ambition, le goût de la nouveauté qu'il n'est pas inutile de souligner, comme le fait L. Janin-Devillars, que « le *statu quo*, la continuité, lorsqu'ils nous conviennent, ne nous relèguent pas forcément au musée, section arts et traditions du passé »…

CHANGER SA VIE : UNE QUESTION SOCIOLOGIQUE

Marc-Henry Soulet

Sociologue.

On a tous rêvé d'une autre vie. Non pas tant de devenir milliardaire ou rock star à qui millions et groupies sont promis. Mais plus fondamentalement d'une autre vie pour soi, à soi. Pouvoir battre à nouveau les cartes et refaire la donne. Faire machine arrière et éviter ce dans quoi l'on s'est enfermé. Avoir une deuxième chance, en quelque sorte. Recommencer sa vie tout bonnement. Mais si changer sa vie est un travail sur soi, c'est aussi un travail permis, soutenu, produit socialement. On ne change pas sa vie tout seul parce que, tout simplement, on ne change pas de vie comme cela. Les sociologues ont toujours rappelé qui la force des déterminismes sociaux (la socialisation primaire, l'*habitus*...), qui les coûts de la mobilité sociale (la névrose de classe, le poids du statut de transfuge...), qui la pesanteur des actions passées (les paris adjacents contraignant à poursuivre malgré soi dans la voie engagée).

Certains changements biographiques ne sont pas toujours aussi clairement construits socialement, ils divergent parfois profondément des chemins tracés au point d'apparaître comme imprévus, voire imprévisibles pour l'entourage. Ces changements se donnent alors à voir comme de véritables conversions supposant une rupture profonde (sociale, normative ou identitaire). C'est le cas de certaines conversions, religieuses par exemple.

Mais à s'arrêter aux formes extrêmes du changement, comme la conversion par exemple, on fait oublier que les ruptures les plus fréquentes – changements d'études, de profession, périodes de chômage, retraite – sont rarement des changements radicaux d'un monde vers un autre mais des changements qui oscillent entre continuité et transformation.

Un travail de négociation identitaire

Les récits sur les changements de vie – réinsertion (sortir de la rue, de la délinquance, de la drogue), ruptures (conjugales, immigration), reconversions professionnelles – sont souvent racontés sous forme d'une histoire en trois temps, A, B, C : A équivaut à un état antérieur (stable), B correspond au changement d'orientation (instable) et C qualifie le retour à un nouvel état d'équilibre. Cette trilogie explicative est cependant d'une efficacité bien faible et comporte des imperfections.

Même si l'idée de moment déclencheur comme rupture d'intelligibilité est intéressante, elle s'apparente par trop à une opportunité *a posteriori* dont on reconstruit l'importance. Dans cette perspective, la notion de bifurcation se présente comme un concept narratif produisant de la cohérence après coup. On a tort également de postuler la finalisation de C, d'imaginer un dessein clair de l'après. Changer de vie est souvent vu comme une affaire de claire décision et de volonté. En réalité, cette représentation en terme de fourche qui induit l'existence de deux voies, la voie toute tracée dans laquelle on est déjà engagé, et l'autre voie alternative et clairement présente à l'esprit, rabat la bifurcation sur un simple problème, classique, de décision. La troisième ne voit la bifurcation que réussie. C'est l'attestation sociale, après coup, qui fait la bifurcation. Outre le problème de l'ampleur et de la durée pour pouvoir déclarer la bifurcation, cette explication omet purement et simplement le travail sur soi de négociation identitaire, et ses atermoiements, qui sont justement au cœur de la question de faire de soi, et de sa vie, autre chose que ce dans quoi on (avec la contribution des autres et des structures sociales) s'est engagé. Car on doit considérer que la bifurcation, en tant que crise identitaire, suppose une transformation de soi, soit le passage d'une forme identitaire à une autre.

Mieux vaut, en fin de compte, centrer l'attention sur ce qui se passe en B dans la séquence A, B, C, à partir bien évidemment du moment où l'on renonce à n'y voir qu'un simple problème de décision. Le sociologue Anselme Strauss avait déjà souligné toute l'importance de l'idée de suspension de tous les engagements dans le processus de transformation identitaire, en prenant l'exemple de Georges Bernard Shaw qui, un beau jour, a mis un moratoire virtuel sur ses obligations courantes (abandonnant famille, et amis, démissionnant de sa profession, quittant son pays pour migrer en Angleterre) afin de prendre le temps de donner un sens nouveau à son identité.

Le moratoire des engagements est ainsi à considérer comme objet central pour l'analyse des bifurcations de vie, à condition de prendre le moment B comme une situation dotée de propriétés spécifiques influant sur la nature de l'agir produit. Si B équivaut à une latence, alors cela signifie que la situation est ouverte – parce qu'elle se caractérise par la coprésence de plusieurs plans de vie – et que nous sommes dans un contexte, au sens fort, « d'inquiétude ». Cette rupture des régularités, par essence problématique car elle rend opaques les règles, engendre deux conséquences majeures. D'une part, elle produit de l'imprévisibilité et de l'incertitude. La détermination par les règles s'estompant, il devient difficile de prévoir, et le résultat de son action et l'action en retour d'autrui. Mais aussi, il s'avère délicat d'imputer du crédit à d'autres acteurs de même que d'attribuer un sens indubitable à sa propre volonté d'agir. D'autre part, les ressources détenues jusqu'alors ne sont plus pertinentes à l'égard de la situation ; elles deviennent inadéquates par rapport à ce nouveau contexte.

Une situation d'ouverture des possibles se marque par un déficit de ressources, rendant de ce fait l'action risquée quant à ses résultats. Plus exactement, le caractère problématique d'une telle situation invalide les ressources antérieures ou révèle une absence de ressources rendant difficile la possibilité d'agir. Il ne s'agit donc pas tant de pointer une faiblesse ou une absence de ressources au plan structurel que de souligner cette faiblesse ou cette absence à un moment donné, dans un contexte précis. C'est en cela que la bifurcation révèle une vulnérabilité situationnelle.

Une nécessaire période de latence

Se pose alors un problème d'action. Qu'est-ce qu'agir dans un tel contexte ? Probablement qu'agir en situation d'inquiétude n'est pas orienté par les fins (agir stratégique), ni par les normes (agir conforme), mais par l'action : ainsi, il s'agit d'un agir que l'on peut qualifier de poïétique car créateur de possibilité d'une action, de sa finalisation comme de sa légitimation. Dans une telle configuration, la production de buts est simultanée à celle de ressources et se construit en cours d'action tout comme la fondation des formes et des principes de légitimité. Les acteurs dessinent des sentiers en cours de chemin et en élaborent le bien-fondé dans l'interaction continuelle sous la forme de validations mutuelles. Cette activité ne peut se faire que par un travail réflexif (avec soi), discursif (avec *alter*) et symbolique (avec le monde social). Elle suppose paradoxalement une démultiplication de la part de l'acteur parce qu'il est intégralement pris dans l'action en raison d'une contamination des différents plans de vie et d'un recouvrement des lignes biographiques par une seule. Quatre lignes de force viennent charpenter cette perspective :

• Changer sa vie, c'est d'abord un processus normatif, c'est-à-dire un travail réflexif du sujet devant légitimer par la parole la modification de son rapport à soi, aux autres, aux institutions, tout en s'assurant et assurant les autres de la permanence de soi qui, en quelque sorte, atteste du maintien de soi et donc de la reprise de soi.

• Changer sa vie, c'est en ce sens changer de regard sur sa vie, soit un processus de modification de soi donnant à voir la continuité dans la discontinuité par un double travail de reconnaissance : d'une part, une reconnaissance de la trajectoire antérieure comme partie de soi et, d'autre part, une reconnaissance de l'appartenance au monde commun. Le travail de mise en lien de ces deux expériences biographiques se construit pendant une période de latence ; la stagnation est donc une condition de la mise en mouvement de soi.

• Changer sa vie est alors à entendre comme un travail, et non comme une héroïcisation de l'acteur, comme un travail et non comme une affaire de décision rationnelle entre deux modes de vie. Il s'agit d'une relecture de l'expérience biographique, sans renoncement au passé, pour la rendre compatible avec une nouvelle image de soi. Il s'agit en d'autres termes d'une négociation informelle dans une situation ouverte avec plusieurs plans de vie possibles, d'où l'importance de la latence, donnant du temps, comme ferment de cette activité sur soi. Ce travail identitaire se caractérise par une triple dimension :

- pédagogique, conférant un statut d'apprenant tirant profit de ses expériences ;
- actionniste, conférant un statut d'acteur mobilisant son énergie pour ce travail sur soi ;
- symbolique, conférant un statut d'auteur produisant du sens sur soi et sur son rapport au monde.

• Changer sa vie revient ainsi à modifier un équilibre entre a) son statut d'acteur, b) ses ressources d'acteur, c) ses engagements d'action et d) ses collectifs d'action.

En ce sens, l'agir poïétique, au cœur des bifurcations, caractérise avant tout un agir individué, c'est-à-dire marqué par des formes d'action menées par un individu, dont le sens est donné par l'individu lui-même et dont l'objet est en même temps lui-même et le cadre d'action dans lequel il agit. Ce faible poids du groupe et des structures sociales, quoique quelque peu « asociologique » *a priori*, est ici intéressant dans la mesure où il rend justement compte de la procédure individualisée de production de cet agir et, consubstantiellement, de la fragilité de celle-ci même si, bien évidemment, il est hors de question d'imaginer une « socialisation individuelle ». Ce qui par contre est profondément individuel et original est ce « calcul symbolique » qui, par une reconceptualisation de l'expérience, conduit à une réorganisation des lignes biographiques des actants. Il conduit aussi à l'élaboration d'une image-action qui, à la différence de l'*habitus* constitué sur une base collective, ce qui en fait un quasi-invariant pour l'individu, évolue et se transforme car elle ne postule aucun autre médiateur que l'acteur lui-même entre la signification et la pratique.

La métaphore du voyage

Mais, s'il est individué, l'agir poïétique n'a de réalité et de sens que parce qu'il est aussi simultanément un agir socialisé. Cette « invention » de normes pratiques, pour symbolique qu'elle soit, n'en est pas moins éminemment sociale. Toute production de sens ne peut en effet être que sociale malgré le travail d'individuation qui la supporte. D'une part, l'actant est doublement encadré par le poids des structures sociales dans lesquelles il a été et est inscrit ainsi que par le jeu des interactions sociales auxquelles il a participé et participe. D'autre part, l'actant puise son action dans des répertoires sociaux d'action pour fonder (que ce soit pour développer comme pour légitimer) sa pratique et va constamment chercher l'assentiment de ses contemporains comme des institutions pour la faire reconnaître.

Pour expliciter cette idée d'agir individué socialisé pouvant soutenir le travail de subjectivation au cœur de cet infléchissement du parcours de vie, la métaphore du voyage peut être utile. De même que l'on ne change pas tout seul, on ne voyage jamais seul. Voyager suppose en effet que soient réunies des conditions mobilisant une pluralité d'acteurs matériels et immatériels, visibles et invisibles :

- Le capital expérientiel. Qui a voyagé voyagera en quelque sorte car l'arrachement premier a déjà eu lieu. Ainsi l'identité s'est désincarcérée et est alors prête au métissage.
- L'imaginaire du départ. Il nourrit les rêves d'évasion, qu'ils prennent la forme du transatlantique au port ou celle du récit de migrants de retour au pays.
- Les circuits aménagés. Ils permettent le passage d'un lieu à l'autre (TGV, aéroports, autoroutes), mais peuvent aussi se dessiner sur le mode d'accords institutionnels ou internationaux (libre circulation au sein de l'Union européenne).
- Les descendants de Charon. Ils font passer d'une rive à l'autre, rendent le trajet possible (passeurs de clandestins, professeurs jouant de leurs relations personnelles pour développer des échanges universitaires internationaux ou encore accompagnateurs de voyages organisés).
- Les covoyageurs. Rencontrés à l'occasion du transit, ils aident à interpréter l'expérience vécue au cours du

déplacement (amitiés de voyage, solidarité d'exil, amicale des étudiants Erasmus).

• Des structures d'accueil. Une fois le Styx franchi, ce sont elles qui vont réaliser le statut de mobile (police des étrangers, camps de transit, marchands de sommeil, employeurs clandestins mais également travailleurs sociaux dévoués, bénévoles investis ou autochtones curieux…).

Changer sa vie suppose symbolisation, ressource et structure pour l'existence desquelles les dispositifs institutionnels jouent un rôle central, d'autant plus central peut-être qu'il est moins visible socialement et moins perceptible individuellement. Les dispositifs sont en ce sens à entendre plus comme des ressources à saisir que comme des institutions à subir. Si donc la bifurcation biographique est possible, et même fréquente dans nos sociétés, c'est parce que l'espace des possibles s'est ouvert, relativement tout au moins, et que rejouer sa vie est pensable et possible, et même encouragé par des mesures spécifiques (comme la formation tout au long de la vie ou le *leitmotiv* contemporain de l'égalité des chances rejouable tout au long de l'existence). Bref, c'est donc que la structure sociale permet, voire encourage, des réversibilités.

Bifurcations et turbulences

L'entrée dans la vie n'est pas un long fleuve tranquille. Les études s'allongent en même temps que la jeunesse. Des études marquées par le doute (qu'est-ce que je veux faire ? Ai-je fait le bon choix ?), ponctuées de réorientations et de changements de cap, aboutissant à des trajectoires biscornues. On voit aujourd'hui des doctorants de mathématiques devenir professeur des écoles, des étudiants en sociologie se muer en informaticiens. Et même un jeune ingénieur qui a finalement opté pour le métier d'infirmier…

L'entrée dans le travail ressemble aussi à un parcours du combattant avec sa succession de stages, petits boulots, CDD avant de décrocher enfin le Graal : le CDI ou le concours qui permet éventuellement d'envisager une installation plus stable.

La vie de couple s'est transformée en un parcours hésitant et chaotique, faite de cohabitation partielle, de périodes d'essai sans lendemain, de grandes histoires d'amour brusquement avortées ou de rencontres hésitantes qui durent finalement plus que prévu…

Quand arrive l'âge où les choses se stabilisaient auparavant, surviennent alors de nouvelles turbulences. Beaucoup de couples se déchirent, des familles se décomposent ou se recomposent. Au travail, les licenciements guettent les uns, les reconversions tentent les autres. De plus en plus de fonctionnaires ou de cadres stressés sont tentés de tout plaquer pour aller vivre leur passion de jeunesse ou simplement essayer un nouveau mode de vie.

L'âge de la retraite lui-même est bouleversé. La retraite n'est plus un retrait du monde. Une nouvelle vie s'annonce avec ses projets, ses voyages, ses rencontres, ses nouvelles passions.

Une mobilisation

Toutes ses transitions et bifurcations conduisent à un incessant retour sur soi. Elle pousse l'individu – étudiant, salarié, chômeur, retraité, célibataire, divorcé, etc. – à s'interroger sur lui-même, sur ses motivations et aspirations profondes. Qu'il s'agisse de passer un concours, de faire des économies pour préparer un nouveau départ, d'arrêter de fumer ou de refaire sa vie dans une nouvelle famille, les reconversions et réinsertions incitent également à une mobilisation et une discipline de vie.

Les sociologues parlent de société « réflexive » (autre nom de l'autoanalyse) pour désigner ce travail sur soi que l'individu doit mener pour repenser sa vie, ses choix et piloter son existence.

Ce phénomène de mobilité individuelle n'est pas nouveau historiquement, mais atteint une échelle nouvelle depuis quelques décennies, la déstabilisation des familles et la flexibilité du lien salarial allant de pair avec l'ascension d'un individu en quête d'une existence accomplie.

Achille Weinberg

COMMENT CHANGER ?

Jean-François Dortier

Humanologue.

Qu'il s'agisse de faire un régime, d'arrêter de fumer, de courir un marathon, d'écrire un mémoire ou de réaliser un projet d'envergure, il faut mettre en place des techniques de changement personnel.

Couper la montagne en morceaux

Une erreur fréquente est de vouloir trop en faire. « C'est décidé, je vais être ordonné et méthodique, me débarrasser de tous les dossiers administratifs en retard, ranger la maison à fond, le linge en retard. » L'erreur est de vouloir s'attaquer à une montagne et de finalement se décourager devant l'ampleur de la tâche. « Découper la montagne en morceaux », cela veut dire découper un travail imposant en petites tâches quotidiennes. Il est possible à une personne seule de déplacer une montagne : il suffit de déplacer une pierre par jour. Le marathonien apprend vite à ne pas penser aux kilomètres qui lui restent (c'est décourageant), mais à se fixer des objectifs très limités : « Encore 100 mètres. » C'est ainsi qu'il avale les kilomètres malgré la souffrance et le découragement. Il vaut mieux un changement simple, limité mais tangible, plutôt que des promesses de changements radicaux toujours repoussés.

Définir des objectifs précis

Pourquoi les résolutions de début d'année (« Désormais, je vais être or-ga-ni-sé! ») s'effondrent-elles si vite? Parce qu'elles s'expriment sous forme d'idées générales – aussi faciles à décider qu'à oublier – et ne sont pas traduites en programmes d'action concrets et réalistes, comprenant des buts intermédiaires et des implications immédiates.

« Je vais perdre cinq kilos dans les prochains mois » n'est pas un objectif précis. Après avoir défini la durée exacte – cinq mois par exemple –, il faut en tirer des implications concrètes, dès aujourd'hui.

Les spécialistes de la procrastination (tendance à toujours remettre à demain) suggèrent donc de traduire les résolutions en objectifs et programmes précis.

Cultiver sa motivation

Pour réaliser ses projets, il faut passer par des tâches ingrates et fastidieuses. C'est souvent là que bute la volonté. Il faut affronter des moments difficiles. Cela passe notamment par le « recadrage » mental des activités qui nous semblent négatives et fastidieuses (le ménage, les tâches administratives nous ennuient).

Par exemple, l'idée pour un fumeur d'arrêter définitivement de fumer est associée à une privation à vie. Il faut remplacer cette image par un recadrage positif : « je vais être plus riche qu'avant », « je vais avoir une bonne odeur », « je vais être libre »… Les tâches qui nous paraissent ingrates (faire ses comptes, faire le ménage, etc.) comportent toujours un aspect positif qu'il faut découvrir et cultiver. Remplir sa feuille d'impôts une semaine avant la date limite peut être un défi personnel qui va conduire à une gratification : une petite victoire contre soi-même. C'est une récompense pour qui fonctionne au plaisir plutôt qu'à la culpabilité.

Le changement assisté

Le support social est un outil du changement. Les sportifs de haut niveau ont recours à un coach qui encourage, soutient, conseille et contraint quand il le faut. Le coaching s'est étendu du sport au management puis aux études (soutien scolaire) et à la lutte contre les addictions. Toutes les activités exigeant une forte discipline de vie invitent à trouver une aide et un support social. Ce support peut se trouver dans un groupe (du club de sport au groupe d'alcooliques anonymes), dans une institution qui nous force et nous contraint, nous stimule (le pensionnat, le monastère) ou dans l'assistance individuelle (famille, amis, coach, psychothérapeute).

Changer de décor

Si l'on veut arrêter de regarder la télévision, il faut commencer par la changer de place et non pas la laisser trôner devant le canapé. Sinon le téléviseur va vous imposer sa volonté par sa seule présence. Si l'on décide de pratiquer durablement une activité (jouer du piano, lire, écrire, faire du sport), il faut organiser son emploi du temps et sanctuariser certains moments qui seront exclusivement consacrés à cette activité. Sinon il y aura mille obligations ou distractions qui passeront avant. Le changement de soi passe par un changement de décor : réorganiser son temps, ses lieux. Il faut transformer notre mode de vie pour que notre mode de vie nous transforme.

Les addictions positives

« Remplacer les addictions négatives par des addictions positives », tel est l'un des mots d'ordre d'Howard Rachlin dans *The Science of Self-Control* (Harvard University Press, 2004). On ne peut changer durablement si une somme égale de plaisir ne vient pas remplacer les coûts liés aux efforts et privations. L'écrivain marathonien Haruki Murakami s'est mis à courir pour perdre du poids et cesser de fumer (il a fumé jusqu'à trois paquets par jour !). Au début, le changement est pénible. Puis la course à pied va devenir au fil du temps un plaisir, puis un mode de vie : une addiction positive. Lorsqu'il en est empêché (à cause d'une obligation professionnelle), il est en manque, ses jambes lui « réclament » de courir. Ce qui était une souffrance est devenu un plaisir puis un impérieux besoin. Au titre des compensations de l'effort, existent les récompenses. Une fois la tâche accomplie, on se repose, on s'accorde un plaisir.

S'envoyer des messages

Confronté à des situations problématiques, on a tendance à s'envoyer des messages de combat : « Dépêche-toi ! », « Sois fort ! », « Fais des efforts ! »... Loin d'être des stimulants, ces pensées intérieures augmentent le stress et conduisent souvent à des blocages, à l'indécision, à la culpabilité et au découragement. Selon l'analyse transactionnelle, ces messages négatifs doivent être remplacés pas des messages positifs. Ainsi « soit parfait » est un message négatif typique du perfectionniste : il est décourageant et peut être remplacé par des messages plus adéquats tels que « le mieux est l'ennemi du bien » ou « fais-le à ta façon ».

L'ancrage est un procédé de « reprogrammation », inspiré de la programmation neurolinguistique (PNL), qui consiste à réactiver un état mental positif, antérieurement vécu, face à une situation perturbante ou pénible. Plutôt que fuir une situation difficile (un conflit potentiel), mieux vaut se souvenir d'une situation ressource où le conflit s'est résolu positivement.

Se connaître pour se transformer

La métamorphose de soi est un mythe. Changer ne consiste pas à changer sa nature profonde ou sa personnalité, mais à surmonter ses faiblesses, à corriger ces défauts et à s'appuyer sur ses points forts, ses qualités et ses talents. Chacun possède un rythme biologique de travail (être du matin ou du soir), réagit émotionnellement de telle ou telle façon face à une situation (la crainte ou le dégoût face à certaines activités). Se connaître consiste à identifier ses émotions, ces schémas mentaux routiniers qui nous font réagir automatiquement dans une situation donnée (dire « non », par exemple). Identifier et nommer ses émotions, ses schémas de pensée est la première façon de les dompter. On apprend alors à se dissocier et à se distancier provisoirement de ces réactions spontanées. Changer n'est pas se métamorphoser, mais s'appuyer sur ses anges (ses forces) et dompter ses démons (ses défauts).

POURQUOI EST-IL SI DIFFICILE DE CHANGER ?

Jean Cottraux

Psychiatre.

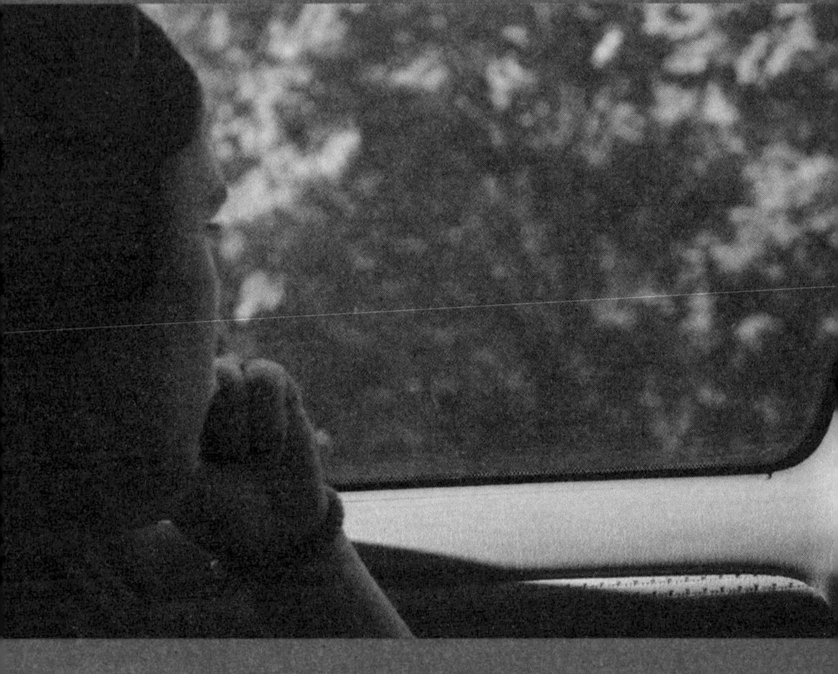

Pourquoi ne changeons-nous pas, alors que nous sommes conscients des problèmes qui proviennent de la répétition des mêmes comportements ? À force d'écouter des histoires de vie dramatiques, j'ai été amené à m'intéresser à leurs trames et à mettre en relation ces récits avec les scénarios de films représentant des métaphores, ce qui facilite le dialogue en thérapie cognitive. J'en ai tiré un livre, *La Répétition des scénarios de vie*[1], qui a mis l'accent sur un problème partagé par beaucoup : la répétition et le désir de changement.

Un scénario de vie est une situation piège dans laquelle un sujet se débat, sans succès, et qui se répète en de nombreuses occasions tout au long de la vie. La personne fait sans cesse la même chose, en espérant que les résultats vont être différents. Elle est entraînée dans la spirale descendante de l'insuccès, sans trouver la voie du changement. Ainsi, les femmes qui épousent et ré-épousent des hommes alcooliques aussi violents

1- J. Cottraux, *La Répétition des scénarios de vie. Demain est une autre histoire*, Odile Jacob, 2001.

que leur père intempérant. Il n'est pas rare, aussi, de rencontrer un homme soumis aux ambitions familiales, qui, après une réussite sociale importante, fait une dépression avec un profond sentiment d'échec et d'imposture.

Un rôle distribué une fois pour toutes

Figée dans son personnage, la personne scénarisée va maintenir des relations stéréotypées et insatisfaisantes avec les autres. Surtout si ce rôle a une fonction dans un groupe, ou dans un couple qui met en scène un jeu sans fin. Ainsi la victime du devoir, la femme parfaite, le bouc émissaire, le loser, le battant, le macho, la victime, le violent, le séducteur, le séduit ou la séduite et abandonné(e)…

Des intrigues immémoriales

Les exemples, tous les jours, sont devant nos yeux, mais la littérature, l'opéra et le cinéma nous ont légué ces types psychologiques dans des récits répétitifs dont les similitudes sont masquées par le talent des artistes. Le *Don Juan* de Mozart, avec ses mille et trois conquêtes, représente l'image la plus visible de la répétition masculine. La *Madame Bovary* de Gustave Flaubert avec ses rêves inaboutis a eu une longue postérité dans les mélos des années 1950 : en particulier *Tout ce que le ciel permet* de Douglas Sirk (1955), pastiché, avec talent, par Todd Haynes dans *Loin du paradis* (2003). Elle est aussi l'ancêtre des *Desperate Housewives.* Friedrich Nietzsche avait très bien compris sa position centrale dans l'imaginaire collectif, lorsqu'il déclara : « Toutes les héroïnes de Wagner ressemblent à s'y méprendre à Madame Bovary ».

Un jour, le dramaturge italien Carlo Gozzi dit à Johann W. Goethe qu'il n'y avait que trente-six situations dramatiques : ce dernier s'en souviendra, longtemps après, dans ses conversations avec Johann P. Eckermann. Il ajoutera que Friedrich Schiller en avait trouvé moins. Un auteur français, Georges Polti, dans un livre paru en 1924, *Les Trente-Six Situations dramatiques*, a proposé une typologie de ces situations avec de nombreuses références à la littérature. Ce constat peut s'appliquer au cinéma, comme chacun pourra le voir en étudiant attentivement ses films favoris : la plupart des bons films sont des remakes de scénarios immémoriaux. Ainsi, le film culte sur les gangs des rues de New York, *Les Guerriers de la nuit* (Walter Hill, 1979) n'est que le remake de l'*Anabase* de Xénophon (environ 401 av. J.-C.).

Au final, les scénarios se ramènent à ceci : la tragédie, qui se termine par un dernier acte sanglant, et la comédie, qui relate une crise dont le dénouement permet à la vie de repartir sur un autre pied. Mais comment expliquer le développement et le maintien des scénarios de vie ? Et, surtout, comment passer de la tragédie à la comédie ?

Psychologie des scénarios de vie

Trois concepts peuvent être dégagés de l'écoute des patients.

• Les intrigues des scénarios de vie portent la marque d'un type de personnalité : ce qui explique que le nombre des scénarios de films ou de romans possibles demeure limité, tout comme l'est le nombre des types de personnalité et l'interaction de ces personnalités entre elles.

• Chaque type de personnalité exprime des schémas profonds qui résultent à la fois du tempérament biologique, inné, des événements de la vie et de l'environnement familial et social.

• La répétition automatique du scénario, autrement dit « la machine infernale », nous amène à aborder le problème de l'inconscient sous un angle nouveau.

Trois inconscients

Les modèles actuels, issus des sciences cognitives, décrivent l'inconscient comme un ensemble de processus de traitement de l'information qui se déroulent de manière automatique. J'ai proposé de distinguer trois formes d'inconscients. Ces trois inconscients, bien que reliés, ont une origine et des fonctions différentes.

• *L'inconscient biologique*

Il correspond à l'activité neuronale automatique et au fonctionnement neuroendocrinien. Il sous-tend les processus cognitifs conscients et les émotions. L'action sur ce type d'inconscient peut être aussi bien pharmacologique que psychologique. Je ne développerai pas ce point ici, tout en soulignant que la psychobiologie de l'impulsivité représente une voie importante pour comprendre certains scénarios de vie : en particulier ceux liés aux addictions et à la répétition de la violence.

• *L'inconscient environnemental*

L'inconscient environnemental est fait de notre éducation, mais aussi des traumatismes graves qui peuvent imprimer leur marque sur la personnalité de chacun. Les mythes et la culture façonnent les individus à leur insu. À cette régulation automatique par l'environnement s'oppose la notion d'autocontrôle et d'autodétermination. Il ne suffit pas d'augmenter la prise de conscience de ses motivations internes pour obtenir un changement, il faut aussi que chaque personne prenne conscience de ce qui de l'extérieur, parfois, la contrôle totalement. La théorie de l'apprentissage social d'Albert Bandura[2] propose de devenir l'ingénieur de son propre comportement. La majorité des psychothérapies a prôné l'*insight*, ou prise de conscience de ses propres motivations, tandis que la théorie de l'apprentissage social et les thérapies comportementales et cognitives (TCC) ont suggéré de développer l'*outsight*[3] : la prise

2- A. Bandura, *Autoefficacité. Le Sentiment d'efficacité personnelle*, De Boeck, 2007.

3- M. Mahoney et C. Thoresen, *Self-Control : Power to the perso*n, Brooks/Cole, 1974.

de conscience de l'action de l'environnement sur soi, et corrélativement de la possibilité qu'a la personne de le modifier. C'est à partir de ces travaux que s'est développée la thérapie motivationnelle.

• *L'inconscient cognitif*

Il correspond à l'ensemble de processus mentaux automatiques. Les modèles actuels accordent une place centrale à la notion de schéma cognitif. On définit le schéma comme une structure imprimée par l'expérience sur l'organisme, et qui va se combiner avec une situation ou une idée pour déterminer comment cette situation ou cette idée doit être perçue et/ou interprétée. Les schémas précoces inadaptés représentent des thèmes importants et envahissants pour l'individu. Ils sont constitués de souvenirs, d'émotions, de pensées et de sensations corporelles. Ils concernent la personne et ses relations avec les autres. Ils peuvent résulter d'expériences traumatiques, ou de carences affectives précoces répétées.

Ils se sont développés au cours de l'enfance ou de l'adolescence et complexifiés tout au long de la vie. Ils sont en relation avec cinq grands domaines de fonctionnement : séparation et rejet, manque d'autonomie et de performance, manque de limites, orientation vers les autres, survigilance et inhibition. Le schéma va se traduire par des stratégies individuelles d'adaptation et un style relationnel particulier. Ainsi le trouble de personnalité s'exprimera dans la répétition d'un scénario de vie. Par exemple, une personne qui se sent inférieure peut soit devenir égocentrique pour compenser (personnalité narcissique), soit se croire persécutée (personnalité paranoïaque), soit chercher la protection d'autrui (personnalité dépendante). Certaines personnes passent rapidement d'un mode de fonctionnement à un autre.

Souffrance, séparation : révision du scénario

Les schémas se maintiennent par l'évitement émotionnel et cognitif, mais aussi par la compensation, ou encore par la soumission aveugle à leur contenu. D'autres facteurs peuvent y contribuer : en particulier le renforcement par l'entourage. Par exemple, un homme peut se soumettre aux désirs d'une femme narcissique et adorée : celle-ci n'a donc aucune raison de changer son schéma. De jeunes gens peuvent être subjugués au point d'imiter un modèle qui a la prestance enviée d'un trouble de personnalité antisociale réussissant dans le gangstérisme. Une femme dépendante peut subir les mauvais traitements d'un homme fantasque et imprévisible, en étant persuadée que c'est de sa faute : ce qui renforce l'homme dans ses comportements de prédateur. Dans ces trois cas, seules la souffrance ou la séparation amèneront à réviser le scénario.

Tous ces processus dysfonctionnels complexes de traitement de l'information émotionnelle commencent à être décryptés par la psychométrie et les neurosciences cognitives.

La thérapie cognitive aide les patients à modifier les interprétations dysfonctionnelles de la réalité, en séparant les faits de leurs interprétations. Elle utilise des méthodes aussi bien cognitives qu'émotionnelles, interpersonnelles ou comportementales pour augmenter les expériences positives. Utilisée avec succès dans la plupart des troubles psychopathologiques, elle s'est attachée ces dix dernières années au traitement des troubles de la personnalité. Plusieurs études contrôlées ont montré son efficacité dans ce cadre. Deux études récentes ont été effectuées pour le trouble *borderline*, marqué par l'impulsivité, l'instabilité émotionnelle, les fluctuations de l'identité, des épisodes dépressifs et des conflits avec les autres. Une étude contrôlée hollandaise[4], qui a utilisé la thérapie des schémas de Young[5], a montré, à trois ans de suivi, de meilleurs résultats que la thérapie psychanalytique. Une étude contrôlée qui associe les centres hospitaliers universitaires de Lyon et Marseille a montré quant à elle, sur deux ans de suivi, de meilleurs résultats avec la thérapie cognitive, qu'avec

4- J. Giesen-Bloo *et al.*, « An outpatient psychotherapy for borderline personality disorder. Randomized trial of schema-focused therapy vs transference-focused psychotherapy », *Archives of General Psychiatry*, vol. LXIII, n° 6, 2006.

5- J. E. Young, J. S. Klosko et M. E. Weishaar, *La Thérapie des schémas. Approche cognitive des troubles de la personnalité*, De Boeck, 2005.

la thérapie centrée sur le client de Carl Rogers[6]. Nous avions intégré dans la thérapie cognitive une conceptualisation et des techniques qui cherchaient directement à modifier les scénarios de vie.

Une méta-analyse[7] a retenu 25 études relevant de l'approche cognitive et comportementale (TCC), dont la nôtre, 19 de l'approche psychodynamique, et 13 d'interventions psychosociales diverses. Ces trois types d'interventions psychologiques ont de bons résultats, y compris au suivi, et leurs résultats sont similaires.

Il est donc possible d'aider le patient à mettre des mots sur l'expérience émotionnelle du schéma et à résoudre autrement les problèmes relationnels, afin de mener une vie digne d'être vécue.

6- J. Cottraux, « Cognitive therapy versus rogerian supportive therapy in borderline personality disorder: A two-year follow-up of a controlled pilot study », *Psychotherapy and Psychosomatics*, 2009.

7- Katakis *et al.*, « Effectiveness of outpatient and community treatments for people with a diagnosis of "personality disorder": systematic review and metaanalysis », *BMC Psychiatry*, 23:57, 2023. https://doi.org/10.1186/s12888-022-04483-0

PRÊT À SAUTER LE PAS ?

Laurent Schmitt

Psychiatre.

On connaît les trois Moires dans la mythologie grecque. Elles gouvernent la destinée des humains. Clotho tisse le fil de la vie, Lachésis le déroule, Atropos le coupe. On connaît moins le dieu grec Kairos, ce jeune homme aux pieds ailés qui ne porte qu'une touffe de cheveux sur la tête. Quand il passe près de vous, trois scénarios sont possibles : soit vous ne le voyez pas du tout, soit vous le regardez sans rien faire, soit enfin vous « saisissez l'occasion au cheveu ». Ce dieu symbolise le moment opportun, l'instant décisif qu'on saisit ou qu'on rate. Cet instant est susceptible d'infléchir une vie. Assimiler le détonateur intime du destin, ce moment de renversement capable de modifier l'existence, au Kairos grec revient à réaliser une sorte d'analyse stratégique du changement de vie : quel contexte au basculement radical, quel(s) facteur(s) y contribue(nt), quels freins existent-ils et pour quel(s) résultat(s) ?

Démon de midi et courage de l'instant

Quand on tente de trouver des raisons à un tournant de vie s'expriment un travail de reconstruction et une explication écran. Les souvenirs qui justifient le facteur déclenchant ne sont pas toujours justes. Il y a, après coup, un désir de donner un sens logique, un point de départ à des forces ou des pulsions intenses, mais confuses ou enchevêtrées dans l'esprit. On retrouve la plupart du temps l'expression d'une crise existentielle liée à l'âge, souvent vers 40 ou 50 ans. La perception qu'il reste un peu moins de temps à vivre que ce que l'on a déjà vécu donne un nouveau relief à bien des aspects de l'existence. L'expression « démon de midi » illustre cette appétence pour la jeunesse et la vitalité qui se traduit par le choix d'un partenaire bien plus jeune. Acteurs, hommes politiques, journalistes…, les exemples sont légion. Pour ne pas verser dans l'actualité, évoquons Diane de Poitiers, « cougar » du 16e siècle. Mariée à 16 ans, veuve à 32 ans, Diane devient gouvernante des fils de François Ier, dont le petit Henri II de 21 ans son cadet, dont elle sera plus tard l'amante. Pendant plus de dix ans, Diane de Poitiers, élevée au titre de duchesse de Valentinois, est la maîtresse officielle d'Henri II, avant d'être exilée après la mort du roi en 1559.

Les contraintes de la vie et les soubresauts de la société constituent également des détonateurs de changement. L'acte de bravoure de Marina Ovsiannikova en est un exemple criant : en mars 2022, la journaliste russe de 44 ans brandit en plein journal télévisé une pancarte antiguerre. Le texte s'oppose à la guerre en Ukraine, dénonce la propagande et le mensonge d'État. Cet événement fait exploser sa famille et bouleverse son existence. Séparée de son mari, M. Ovsiannikova est obligée de fuir en Allemagne avant de recevoir l'asile politique en France où elle se réfugie avec sa fille de 12 ans. Son fils aîné, plus proche des théories russes, reste avec son père. Cette série de changements brutaux amène ses amis moscovites résidant à Paris à lui demander si elle préférait mourir empoisonnée au polonium ou au Novitchok, poison qui supprime la transmission nerveuse. De nombreuses représailles à distance ont frappé des exilés, des opposants, des oligarques.

Enfin, l'ennui reste un puissant ressort du changement. Quand l'existence semble monotone et que les journées se répètent de façon immuable s'installe progressivement un sentiment de vide, lancinant et tenace. Cet ennui d'une vie trop bien rangée va entraîner une grande bourgeoise d'une petite ville industrielle d'Occitanie vers un lapsus brutal, un détour totalement imprévu de son existence. Éduquée à la maison de la Légion d'honneur, femme d'un industriel du délainage, mère de trois enfants, elle se rend régulièrement à Paris pour se ressourcer par du théâtre et des expositions. « J'ai l'impression de tourner en rond, le golf, les œuvres caritatives, les discussions sur les cours de la Bourse de la laine, tout ça m'emmerde ! Thérèse Desqueyroux je la comprends ! », déplore-t-elle en référence à l'héroïne de François Mauriac, prisonnière d'une vie à l'horizon borné, qui finit par tenter d'empoisonner son mari. Lors d'une exposition, elle rencontre un moine célèbre pour ses tableaux et ses tapisseries. Il réside dans une abbaye proche de son domicile. Le coup de foudre est d'abord intellectuel puis sentimental et sexuel. Après un moment d'hésitation, attirée par la culture et la créativité du moine, elle entame une liaison. Pendant trois ans, ils se retrouvent cinq ou six fois l'an, souvent à Paris lors d'expositions, moments au cours desquels elle ressent le plaisir d'inspirer ou de participer à un élan de création. Elle révélera ce secret bien plus tard quand débuteront des troubles de la mémoire, comme pour se confier à un tiers sur un fragment important de sa vie, avant l'effacement progressif de ses souvenirs. Une sorte de legs autobiographique.

Coup de foudre ou accident

Associé à ces contextes surgit le détonateur, le *kairos.* Le moment décisif représente celui de la prise de décision, mais aussi le type d'action qu'on entreprend. Comme le joueur de rugby qui décèle l'ouverture possible au cours du jeu et peut soudain s'échapper pour marquer un essai, le *kairos* ouvre vers le changement. Il existe de nombreux moments d'inflexion de l'existence, pour changer sa vie. Quelques leviers sont particulièrement actifs, tels le coup de foudre, le fait d'avoir échappé à la mort, la prise de conscience ou une révélation.

Le coup de foudre amoureux représente la déflagration, une explosion dans la vie sentimentale des êtres. Lorsqu'il est partagé et simultané, il s'agit d'un phénomène électrique, d'une attraction invincible, la conviction absolue d'une communion entre deux êtres. Les exemples ne manquent pas. Prenons celui de Micheline Roquebrune. Cette artiste, mariée et mère deux enfants, aperçoit de dos, lors d'un tournoi de golf au Maroc, un homme de grande taille à la chemise fripée contemplant un tableau de résultats. Ils se regardent, échangent quelques paroles, il l'invite à la rejoindre. Cet homme est Sean Connery, l'acteur mondialement connu de James Bond, mais elle ne le reconnaît pas. « Je suis transportée. Les quatre jours qui suivent, nous continuons à jouer au golf comme des étrangers puis nous nous retrouvons pour faire l'amour comme des fous… », relate-t-elle dans le film que lui a consacré sa petite fille Stéphanie Renouvin en 2022. Comme elle, il est marié et dans un premier temps elle ne veut plus rien savoir de lui. Quelque temps après, il la rappelle, ils se revoient et quittent chacun leur conjoint. Ils se marieront et vivront ensemble près de quarante ans.

Comme le coup de foudre, le fait d'avoir échappé à la mort bouleverse souvent aussi la suite de l'existence. Il peut s'agir d'un accident ou d'une maladie sévère. En cas de rémission, ce sursis autorise le souhait d'en profiter ou de vivre une autre vie. Comme le réalisateur américain Tom Shadyac. Victime d'un très grave accident de bicyclette, il subit un long parcours de réhabilitation. Une fois remis, en dépit de sa fortune considérable, il renonce à faire carrière dans le *show-business* et décide d'aider à ouvrir un foyer pour sans-abri en Virginie. Sa vie désormais va se dérouler dans un *mobil-home* tout en disposant d'importants revenus. Une manière de donner un nouveau sens à son existence.

Bien sûr, tous les aspirants au changement ne passent pas à l'acte. Dès qu'on envisage une bifurcation dans sa vie, des liens, des résistances invisibles se font jour, ligotent et freinent. On craint qu'elle soit un échec ou qu'elle déstabilise une forme de sécurité. Le maintien d'un *statu quo*, même insatisfaisant, ne remet pas en cause l'essentiel de la vie ; la « force de la stabilité » participe au fait que rien ne change. Ainsi, pendant longtemps, des couples ont perduré, car l'épouse, mère de famille sans emploi ni revenu, n'avait pas la force de se séparer ou de quitter le domicile conjugal. Elle redoutait la dislocation familiale et la précarité financière. Le poids des conventions sociales, de la morale ou de la crainte du qu'en-dira-t-on constituent également des freins importants. Une stabilité terne et une vie monotone, mais rassurante peuvent masquer une créativité d'exception. L'écrivain et poète portugais

Fernando Pessoa, aujourd'hui considéré comme un des maîtres du 20e siècle, mènera toute sa vie une existence précaire de rédacteur de courrier commercial et traducteur indépendant. Il meurt en 1935 à Lisbonne, pauvre, inconnu du grand public et ne recevra un hommage officiel national qu'en 1988. Dans son œuvre, il rationalise son sentiment d'une vie à deux facettes : celle qui est vécue, pauvre et étriquée, celle qui est rêvée, vraie, lumineuse parfois géniale.

Va, vis et deviens

Cette injonction montre comment le désir d'autre chose façonne de façon consciente ou inconsciente la vie de quelqu'un. Les rêveries parentales, surtout maternelles, dessinent des souhaits pour l'avenir de leur enfant. Dans le film multiprimé *Va, vis et deviens* (2005), le réalisateur roumain Radu Milhaileanu raconte comment une mère chrétienne pousse son fils de 9 ans à se déclarer juif pour lui éviter de mourir de faim dans un camp de réfugiés soudanais où de multiples nationalités, chassées par la famine en Afrique, ont trouvé refuge. Il est d'abord adopté par une famille israélienne, mais sa mère de substitution décède. Il est ensuite recueilli par une famille française. « Va » représente l'arrachement décidé par sa mère, « vis », la nécessité de s'adapter à des parents d'adoption d'origine différente, parfois au prix du mensonge, et « deviens » l'injonction à avoir un destin d'homme, responsable de son devenir au-delà d'une simple survie.

C'est également celle portée par la mère de Romain Gary dans *La Promesse de l'aube* (1960) : « Mon fils sera ambassadeur de France, chevalier de la Légion d'honneur, grand auteur dramatique, Ibsen, Gabriele d'Annunzio… », déclare-t-elle à qui veut bien l'entendre, alors qu'il n'est encore qu'enfant. Par cette phrase, elle l'inscrit dans un destin, comme les femmes enceintes lorsqu'elles tentent de stimuler les capacités de leur bébé à naître en leur parlant ou en leur faisant écouter de la musique.

Bien des détonateurs intimes ne sont pas aussi conscients. Ils peuvent être le fruit des secrets familiaux, des identifications partielles à des grands-parents, des oncles ou des tantes qui ont marqué l'enfance par une passion, une ouverture vers un autre monde ou une initiation à la moto, à la musique, à la cuisine… Autant de traces souvent reléguées au second plan ou oubliées qui agissent de manière inconsciente dans l'idée d'un changement de vie.

Les rêves de Descartes

René Descartes est militaire, engagé au côté du duc de Bavière lors de la campagne de Flandre, lorsqu'une nuit de 1619, il fait une série de rêves troublants. L'un évoque une faiblesse du côté gauche, l'autre des hallucinations visuelles, des étincelles.

Dans le dernier songe, il trouve un livre sur sa table. Sur la page un vers du poète latin Ausone attire son attention : « *Quod vitae sectabor iter ?* » ou « Quel chemin suivrai-je en cette vie ? ». Cette phrase ouvre la voie à une profonde réflexion et à un changement d'existence qui aboutiront à l'écriture du *Discours de la méthode*. Le soldat est devenu philosophe.

L. S.

LE RÔLE DES ÉMOTIONS

Jean-Luc Emery

Psychiatre.

Isabelle est une assistante dévouée et performante, elle remplit parfaitement les missions qui lui sont confiées. Son directeur lui reproche depuis plusieurs mois son manque de disponibilité et son ton sec quand elle prend des clients au téléphone. Malgré ses qualités, sa bonne volonté et l'insistance de son directeur pour qu'elle améliore sa qualité d'écoute, Isabelle ne change pas. À sa demande, elle vient de suivre une formation spécifique à l'accueil téléphonique. Il faut bien admettre que les résultats ne sont pas probants.

Pour analyser ses difficultés à faire évoluer son comportement, Isabelle doit essayer de décrire ce qu'elle ressent quand elle a un client en ligne. Elle décrit un état de tension et surtout un sentiment diffus de culpabilité. En amont de cette émotion pénible, la représentation d'Isabelle est la suivante : « Quand je réponds au téléphone, je ne fais pas mon travail, j'ai l'impression de perdre mon temps. » Dans ces conditions, il est facile de comprendre que ses tentatives de changement sont parasitées par l'émotion.

L'histoire d'Isabelle illustre différents aspects du changement : tout d'abord, la persistance d'un comportement malgré des efforts sincères de changement. La résistance au changement ne traduit ni un manque de motivation, ni de la mauvaise foi. Isabelle ressent une émotion négative, qui ne fait qu'augmenter au fur et à mesure qu'elle essaye d'investir plus de temps dans son contact avec le client : plus elle est attentive aux clients, plus son impression de perdre son temps augmente.

Cette histoire révèle aussi un principe essentiel : le changement se perçoit dans la modification du comportement de quelqu'un. On peut donc le ramener à l'apprentissage de nouveaux comportements. Mais si l'apprentissage élémentaire consiste en une simple modification du comportement, les apprentissages les plus décisifs reposent le plus souvent sur une modification des connaissances et des représentations.

La plupart du temps, l'homme s'adapte spontanément, sans grandes émotions. L'homme reste le système le plus sophistiqué pour s'adapter au changement. Dans certains cas plus rares, le changement dépasse la simple adaptation ; il sollicite les capacités de réflexion et déclenche des réactions émotionnelles conséquentes.

Différents niveaux de changement

Les différentes théories du fonctionnement psychologique rendent compte des conditions d'apparition des comportements. Si chaque modèle apporte des éléments intéressants pour analyser le changement personnel, on peut, pour simplifier l'analyse, distinguer deux types de fonctionnement psychologique : les processus automatiques et les processus contrôlés. Un comportement automatique classique est celui que l'on a développé dans la conduite automobile. L'automatisme est même parfois tel qu'il n'est pas rare de faire une erreur de trajet en se rendant machinalement à son domicile plutôt qu'au lieu du rendez-vous. À l'opposé, un exemple de processus contrôlé est celui nécessaire pour rédiger un texte ou mener une négociation. Il faut à ce moment mobiliser toutes ses capacités d'attention et de concentration.

Bien que ces exemples illustrent cette dichotomie, les choses sont rarement aussi tranchées. Le plus souvent, nous combinons des proportions variables de processus automatiques et de processus contrôlés. Selon le type de processus sur lequel nous agissons, le degré de changement atteint n'est pas le même. Pour Gregory Bateson, il existe deux niveaux de changement. Le changement 1 est le changement qui s'opère dans un système sans modifier ce système. Le changement 2, par opposition au changement 1, introduit une transformation du système auquel il s'applique. Il implique une modification des connaissances et des représentations.

Prenons l'exemple des changements dans les moyens de communication. Personne n'a éprouvé de grandes difficultés ou résistances lorsqu'il a fallu ajouter deux nouveaux chiffres aux numéros de téléphone, car cela ne modifiait pas la façon de communiquer. Par contre, adopter un nouveau moyen de communication, comme le téléphone mobile ou le courrier électronique, est un changement plus fondamental : pour utiliser Internet, il faut apprendre à se servir d'un ordinateur. Mais il faut aussi changer sa conception de la correspondance écrite : la réponse est potentiellement immédiate. Il devient donc essentiel de réagir très rapidement, au risque d'être mal perçu par l'interlocuteur. Problème que ne posait pas le courrier postal.

Pour opérer de véritables changements, il faut donc adopter des changements 2. Ils correspondent aux apprentissages par des processus contrôlés. Le rôle et la nature des émotions sont différents pour chacune de ces modifications. Dans un contexte de changement où les enjeux sont clairs, les raisons justifiées et la motivation suffisante, quelles sont les difficultés à abandonner les processus automatiques pour adopter des processus contrôlés ?

Au cœur du changement, les émotions

Abandonner les automatismes pour changer nécessite souvent une phase de désapprentissage pendant laquelle les performances baissent et les frustrations s'accumulent. En effet, les automatismes donnent une grande impression de maîtrise et de contrôle, y compris l'idée que nous maîtrisons tout ce qui nous entoure. Pour évoluer, nous devons sortir de ces processus automatiques et apprendre à les repérer. Mais le propre des phénomènes automatiques est justement que nous n'en avons qu'une perception très atténuée tant que tout se passe bien. Ils nous font croire qu'un comportement est toujours déclenché par une situation. Ils ne prennent pas en compte un élément décisif du déclenchement des comportements : l'émotion.

Pour lever les blocages d'origine psychologique, pour sortir des comportements automatiques, le repérage et la prise en compte des émotions est le point de départ incontournable. L'émotion infiltre l'ensemble de nos comportements et tout changement, même s'il est considéré comme positif par l'individu, possède un coût sur le plan émotionnel. Il peut déclencher une résistance au changement plus ou moins importante. Cette difficulté ne doit pas être négligée, elle prend ses racines dans la complexité des processus qui déterminent les comportements de l'homme. En amont du savoir, du pouvoir, du vouloir se situent les émotions. Une bonne lecture des émotions et un bon contrôle émotionnel se présentent donc comme une condition impérative pour favoriser les processus de changement.

La nécessité de l'erreur pour apprendre et les efforts pour réduire la marge d'erreur semblent tellement logiques qu'ils sont facilement adoptés et défendus par tous. Mais qui parle facilement ou fréquemment de ses erreurs ?

Si ce type d'apprentissage est fréquent chez l'enfant, c'est bien parce que l'enfant n'a pas peur de faire des erreurs. Chez l'adulte, la détection de l'erreur et sa médiatisation s'accompagnent d'émotions pénibles. De plus, pour bénéficier de ses erreurs, il faut accepter d'apprendre et pour apprendre, il faut accepter de désapprendre. Il faut pouvoir temporairement régresser, ce qui n'est pas facile sur le plan émotionnel : la valeur personnelle est remise en cause et l'image de soi peut être ternie.

La priorité donnée à une image positive de soi ne facilite pas l'apprentissage par essais et erreurs. En effet, pour conserver une bonne image de soi, il faut faire l'expérience fréquente du contrôle. Il faut des résultats qui correspondent aux attentes, il faut ressentir de l'efficacité et du plaisir. Toute anticipation contraire à ces attentes déclenchera une émotion négative et une tentative d'évitement pour réduire ou éviter l'émotion désagréable.

Garder le contrôle

Or, toute situation d'apprentissage, de découverte amène une perte de maîtrise sans garantie de réussite immédiate. Nous connaissons tous l'inconfort du débutant. Le premier réflexe pour limiter la charge émotionnelle est de s'accrocher au présent immédiat et d'utiliser les attitudes comportementales que l'on maîtrise le mieux et le plus facilement.

Dans le contrôle des émotions, la priorité est toujours donnée au contrôle des émotions à court terme, comme le montre l'exemple de Michel. Michel est en vacances de sports d'hiver avec ses amis. Ce matin, il s'est laissé entraîner au sommet de la station. Skieur débutant, il n'est pas à son aise sur la piste noire. Le chasse-neige, ce n'est pas l'idéal. Son ami Bertrand lui conseille de tourner sur les bosses en dérapant les skis parallèles comme il le faisait hier sur les pistes bleues. Mais Michel s'accroche à la technique qu'il contrôle le mieux. Pour l'instant, pas question de prendre le risque de tomber dans cette pente raide. Michel adopte le comportement qui est le plus rassurant dans l'immédiat, même s'il sait que ce n'est pas la bonne méthode pour progresser.

Un obstacle à la progression des apprentissages

Ce souci d'un contrôle des émotions à court terme est un obstacle fréquent à la progression des apprentissages et au changement. C'est pourquoi il est important de connaître le niveau émotionnel à ne pas dépasser pour favoriser l'apprentissage d'un nouveau comportement. Bien sûr, il n'existe pas d'appareil de mesure pour évaluer le niveau émotionnel. Mais, comme dans les thérapies comportementales et cognitives, on peut apprendre à évaluer subjectivement son anxiété. Cela évite de s'exposer à des situations trop anxiogènes, incompatibles avec un changement de comportement. Il faut alors définir des changements intermédiaires, de moindre importance, dont la réussite rapide et l'efficacité perçue déclenchent des émotions positives. Celles-ci deviennent alors de précieux renforcements pour poursuivre le changement.

La modulation du niveau émotionnel et/ou la progressivité de l'apprentissage ne sont pas toujours possibles. Cette impossibilité induit en partie la résistance au changement, bien connue des psychothérapeutes mais aussi des formateurs et des enseignants. Elle se traduit par la difficulté à changer de comportements dans la durée.

Dans le contexte de la formation, de l'enseignement ou de la psychothérapie, le changement de comportement est bien maîtrisé. Ainsi l'histoire de Pierre. Il y a deux jours, Pierre a suivi une formation à la prise de parole en public. Il a appris à parler plus lentement et plus fort en regardant ses interlocuteurs dans les yeux, à synthétiser ses idées et à employer des mots qui donnent du poids à ses propos. Son expression orale a beaucoup progressé. Pierre était très content du résultat quand il s'est observé sur l'enregistrement vidéo. Mais dans le contexte réel, où l'implication est plus forte et le niveau émotionnel plus élevé, le nouveau comportement s'efface automatiquement au profit du comportement antérieur. Pierre se sent incapable de prendre efficacement la parole dans la réunion de service. Il se sent envahi par l'angoisse à l'idée de bredouiller devant ses collègues. Depuis dix minutes, Pierre sent plusieurs regards posés sur lui. Une bouffée de chaleur commence à l'envahir, ses jambes deviennent toutes molles. Il a peur de faire un malaise devant tout le monde. Il respire à fond, mais rien n'y fait. Sa tête se vide, devient toute cotonneuse.

Dans ces cas, l'émotion est très inconfortable, elle donne l'impression qu'il est impossible de contrôler la situation. Elle induit un comportement irrationnel par rapport à la situation, mais rationnel par rapport à l'anxiété (baisse rapide de l'anxiété). Alors, comme d'habitude, Pierre évite d'attirer l'attention sur lui. Il fuit le regard de ses collègues. Il ne pose aucune question et accepte sans négocier les tâches qui lui sont confiées. Sans travail efficace sur la dimension émotionnelle, Pierre ne pourra pas progresser dans sa communication en groupe. Chaque fois qu'il sera envahi par l'angoisse, il continuera d'éviter d'attirer l'attention sur lui. Il agira d'abord pour limiter son niveau d'anxiété.

Gérer la composante humaine du changement, c'est accepter sa dimension émotionnelle. Il s'agit d'abord de bien identifier les émotions suscitées par un processus de changement. Les émotions doivent être nommées. À partir d'elles, il faut mettre en évidence les représentations qui les sous-tendent. Gérer l'émotion, c'est d'abord évaluer les représentations et leurs conséquences (aller au bout des représentations), puis modifier les représentations pour qu'elles soient plus conformes à la réalité. La place de l'émotion est donc centrale dans le processus de changement. Mais elle entretient avec lui un lien paradoxal. En l'absence d'émotion, il n'y a pas de changement. Mais, en raison de l'émotion, on résiste au changement. Pour provoquer le changement, on peut soit augmenter la composante motivante de l'émotion, comme le plaisir d'être performant, ou la peur d'être mal vu, ou l'irritation face à des échecs répétés. On peut aussi atténuer les aspects inhibants de l'émotion, par exemple la peur de l'échec ou la culpabilité de l'inexpérience.

Débrancher le pilote automatique

Les processus automatiques guident la majorité de nos comportements, de nos activités motrices ou de nos activités intellectuelles. Ils ont l'avantage d'être adaptatifs et rapides. Ils permettent également, contrairement à l'adage, de faire deux choses à la fois. Ils permettent en fait de consacrer les processus contrôlés aux tâches les plus délicates. De plus, ils rassurent, car ils procurent un sentiment de contrôle synonyme d'émotion positive. Enfin, ils sont souvent plus efficaces sur le plan quantitatif que les comportements contrôlés.

Par contre, sur le plan qualitatif, ils sont parfois peu appropriés. Dans les relations interpersonnelles, par exemple, ils limitent souvent la compréhension de l'autre, comme l'illustre l'exemple qui suit :

Odile est inquiète pour le prochain projet de formation qu'elle doit réaliser avec Patricia et Olivier. Ce dernier, comme il le fait toujours face à quelqu'un qui est négatif, se met spontanément à la rassurer. Il lui affirme qu'il n'y aura pas de problèmes. Comme il a beaucoup de sympathie pour Odile, il est heureux de pouvoir la rassurer. Pourtant, soudainement, Odile explose : « Je ne connais personne d'aussi stressant que toi ! » Olivier vient de se faire piéger par un automatisme : proposer immédiatement une solution pour rassurer Odile plutôt que d'essayer de comprendre ce qui l'inquiète.

En fait, **Olivier a agi de manière stéréotypée**, sans se dire que ce qui le rassure lui ne rassure pas forcément Odile. Il a tendance à toujours utiliser la même réponse automatique (diminuer les émotions négatives de la situation) pour des situations de plus en plus variées, et éloignées de celle d'origine.

Olivier est victime d'un processus de généralisation de la réponse. Il fonctionne comme un photocopieur. Il s'est d'autant plus piégé qu'il ressentait une émotion tout à fait positive et pensait contrôler la situation. Or, Odile avait surtout besoin qu'il entende son malaise, et qu'il prenne le temps de le comprendre. Pour cela, il fallait qu'Olivier sorte de ses automatismes, pour adopter un comportement empathique (c'est-à-dire qu'il se mette à la place d'Odile), et qu'il laisse les processus conscients et volontaires prendre le contrôle pour s'ajuster à la situation.

Prendre du recul, c'est débrancher le pilote automatique.

J.-L. E.

CHANGER TOUT EN RESTANT SOI-MÊME

Jean Cottraux

Woody Allen disait : « Mon seul regret dans la vie est de ne pas être quelqu'un d'autre. » Comment sortir de la prison de soi ? Chacun, à un moment de sa vie, a rêvé de disparaître et de renaître, ailleurs, sous une autre forme pour une autre vie, plus vraie, tout en restant le même. Appelons ce fantasme « le paradoxe du comte de Monte-Cristo », du nom du célèbre personnage d'Alexandre Dumas, jeté injustement en prison et qui s'évade pour s'emparer d'un trésor légué par son mentor et codétenu, l'abbé Faria. Il renaît pour se venger d'une société corrompue avant de partir vers une vie plus heureuse dans un Orient de rêve. Mais il est resté le même : simplement, de victime, il est devenu persécuteur. Le plus étrange est qu'il maîtrise plusieurs apparences et se sert de nombreuses identités pour confondre ses ennemis. En termes psychologiques, on peut dire qu'il est doté d'un haut degré de résilience qui se manifeste par une personnalité protéiforme[1], dont

1- R.J. Lifton, *The Protean Self: Human resilience in an age of fragmentation*, The University of Chicago Press, 1993.

il utilise les facettes multiples pour ses affaires, son plaisir et ses revanches.

Certains tentent de réaliser ce fantasme : des milliers de personnes disparaissent sans laisser d'adresse chaque année, mais l'on n'a pas de données précises sur leur réussite dans une nouvelle vie.

Changer d'atmosphère ou de décor ? Ou bien demander à la chirurgie plastique de nous sculpter un corps parfait ? Malheureusement, vivre dans le plus beau décor ou dans le plus beau des corps ne guérit pas toujours du sentiment de trahison de soi. Et toucher le gros lot peut s'avérer fatal. Je viens de recevoir un courriel m'annonçant qu'une personne qui avait, enfin, atteint son sommet de carrière était victime d'un accident cardiaque grave. Serions-nous des marionnettes d'un destin écrit par la main d'un fou, ou l'agent de notre propre malheur ?

Que peut la psychothérapie pour nous aider à changer ce qui ne nous convient pas chez nous, les autres et le monde ? La thérapie cognitive propose à ceux qui portent une souffrance psychique d'être l'agent de leur propre changement, en modifiant leurs relations avec leur environnement. Pour changer les autres, il faut aussi changer à la fois de comportement et de conception du monde et donc, à certains égards, devenir un autre.

Psychothérapie et changement

Certains espèrent qu'une thérapie les rendra autre et les sortira de la répétition d'un scénario de vie[2]. En l'absence de contraintes extérieures, l'anxiété empêche les actions novatrices de se réaliser. Le dénominateur commun des personnes anxieuses ou déprimées est l'inhibition de l'action. La souffrance provient de la séquestration de soi dans le carcan des habitudes, des renoncements, de la peur et des rituels sécurisants, mais épuisants. C'est le scénario de l'échec par résignation. Comment devenir la « vraie » personne dont la créativité se trouve entravée par le milieu, les autres ou les circonstances ?

Pour d'autres, la souffrance proviendra de comportements impulsifs et répétitifs et se traduira par des conflits répétés avec les autres, des comportements toxicomaniaques ou violents dont la répétition conduit rapidement à la solitude et à la mort après une vie menée à tombeau ouvert. C'est le scénario de l'échec par trouble des conduites sociales. Comment sortir de la toile d'araignée des relations précoces et de leur répétition actuelle ?

La demande de thérapie masque souvent le désir d'être ailleurs, dans un autre temps, d'être quelqu'un d'autre, d'être heureux, et surtout sans souffrance psychique.

2- J. Cottraux, *La Répétition des scénarios de vie. Demain est une autre histoire*, Odile Jacob, 2001.

Il est cependant naturel et sain pour un individu de résister à un changement trop rapide. Le changement dépend du périmètre de sécurité de chacun. Entrer dans la zone de sécurité active des réactions d'autoprotection, et la psychothérapie, même souhaitée, peut s'accompagner de la peur de l'inconnu : un nouveau soi qui vivra autrement. Les vieilles habitudes et les vieux schémas de pensée se battent pour survivre. La seule manière de sortir du dilemme « changer tout en restant le même » est de laisser la décision et le choix du rythme du changement au patient.

Toute forme de psychothérapie peut appliquer le modèle du changement de James O. Prochaska et Carlo C. Di Clemente[3], bien que celui-ci ait été créé pour motiver les personnes souffrant de dépendance aux drogues, à l'alcool ou au tabac, à arrêter leur consommation. La thérapie motivationnelle[4] cherche à promouvoir une attitude positive : s'attendre à être capable d'agir et à ce que l'action apporte un résultat favorable. Le sentiment d'efficacité personnelle perçue est relié à l'optimisme et représente un facteur de résilience et de bonne santé[5]. Le modèle du changement de J.O. Prochaska et C.C. Di Clemente se fonde sur

3- J.O. Prochaska et C.C. Di Clemente, « Toward a comprehensive model of change », *in* W.N. Miller et N. Heather (dir.), *Treating Addictive Behaviors*, Plenum Press, 1986.

4- W.R. Miller et S. Rollnick, *L'Entretien motivationnel. Aider la personne à engager le changement*, InterÉditions-Dunod, 2006.

5- A. Bandura, *Auto-efficacité. Le Sentiment d'efficacité personnelle*, De Boeck, 2007.

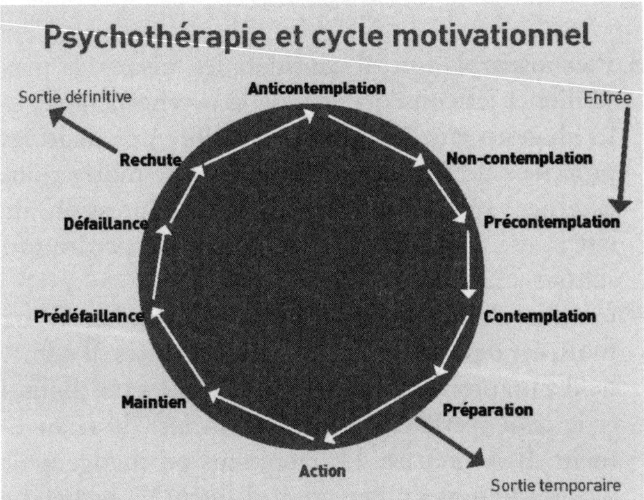

Les psychologues Arthur Freeman et Michael Nolan ont décrit le cycle psychologique d'un individu engagé dans un processus de changement personnel. Ses motivations oscillent entre des périodes de refus du changement (anticontemplation, non-contemplation) et des phases d'engagement (planification, action) en passant par des moments de doute et de défaillance.

l'analyse et le renforcement des attentes positives de changement du patient. Arthur Freeman et Michael Nolan[6] ont appliqué ce modèle à la psychothérapie cognitive. En faisant la synthèse de ces travaux, il est possible de décrire dix phases dans le processus de changement par la psychothérapie (voir schéma).

1. **Anticontemplation** : le sujet est contre l'idée même de psychothérapie.
2. **Non-contemplation** : il ne l'envisage pas comme une solution pour lui.

6- A. Freeman et M. Nolan, « Revisiting Prochaska and DiClemente's stages of change theory: An expansion and specification to aid in treatment planning and outcome evaluation », *Cognitive and Behavioral Practice*, vol. VIII, n° 3, été 2001.

3. **Précontemplation** : il considère les raisons, la possibilité et les conséquences de la psychothérapie, et les changements qu'elle peut induire. À ce stade, les processus de changement résultent de motivations externes : symptômes d'anxiété, de dépression, de stress, etc., phases de la vie, risque de perdre son statut social.
4. **Contemplation** : il envisage une thérapie dans les six mois, car des changements sont nécessaires. Il admet qu'il a un problème et qu'il va étudier les possibilités et le coût (psychologique et financier) du changement. Il se prépare. Les processus de changement à ce stade sont l'observation d'autrui, la recherche d'information, la prise de conscience, la confrontation par les autres à son problème.
5. **Planification de l'action** : décision de rendez-vous avec un thérapeute.
6. **Action** : entrée en psychothérapie, travail sur soi, modification progressive des comportements, des émotions et des attitudes dysfonctionnelles.
7. **Maintenance** : maintien et optimisation du changement.
8. **Prédéfaillance** : apparaissent des pensées négatives vis-à-vis de la psychothérapie et la nostalgie des vieux comportements.
9. **Défaillance** : diminution des acquis.
10. **Rechute** : retour à l'état initial et sortie du cycle du changement. À ce point, le patient arrête la

thérapie. Cependant, il a la possibilité de revenir dans le cycle comme précontemplateur et de refaire plus ou moins vite le parcours vers l'action psychothérapique.

La tâche du psychothérapeute est d'aider l'individu à passer d'un stade à l'autre du cycle aussi rapidement que possible. Mais il responsabilise le patient en lui disant que lui seul est l'agent du changement.

Patient et thérapeute doivent collaborer pour repérer les prédéfaillances, de manière à maintenir les gains de la thérapie, et envisager les avantages et les inconvénients de continuer ou de s'arrêter. Il faut donc mettre au jour et modifier les pensées négatives sur la thérapie, et mettre en balance tous les éléments en faveur d'une décision ou d'une autre.

Prenons pour exemple la dépression. Ce qui change d'abord est l'émotion : en effet, il faut un minimum d'optimisme et d'affect positif pour entrer dans une thérapie. L'effet antidémoralisateur de la thérapie va ensuite inciter à émettre des comportements plus satisfaisants. Le changement comportemental va ensuite induire, avec l'aide des interventions du psychothérapeute, un changement stable des schémas cognitifs qui au départ interprétaient négativement la réalité.

Il existe peu de psychothérapies efficaces ; seuls les courants de la thérapie psychanalytique, la thérapie comportementale et cognitive, la thérapie interpersonnelle, la thérapie humaniste ont amené des résultats scientifiquement prouvés à des problèmes spécifiques, comme le montre le bilan des études contrôlées que je viens d'effectuer dans un guide destiné aux patients, Choisir une psychothérapie efficace[7]. Cet ouvrage s'efforce également de déterminer les caractéristiques communes des psychothérapies efficaces, caractéristiques qui sont représentées ci-après (voir encadré).

De Marc Aurèle à la thérapie cognitive

Parmi les processus communs aux thérapies efficaces se trouve l'acceptation. L'acceptation est l'un des thèmes les plus constants de la philosophie, de la religion et de la psychothérapie. L'une des racines philosophiques de la thérapie cognitive est l'acceptation. Elle consiste à aider le patient à distinguer les faits de leur interprétation pour modifier les émotions négatives et le relancer sur le chemin de l'action positive et agréable. Il est habituel de faire remonter la thérapie cognitive à la morale stoïcienne, celle de l'esclave Épictète et de l'empereur romain Marc Aurèle (121-180).

Cet empereur philosophe professait que les hommes sont moins émus par les faits eux-mêmes que par l'interprétation qu'ils en donnent. Une des maximes stoïciennes issues de son livre Pensées pour moi-même nous dit : « Si quelque objet extérieur te chagrine, ce

7- J. Cottraux, *Choisir une psychothérapie efficace*, Odile Jacob, 2011.

n'est pas lui, c'est le jugement que tu portes sur lui qui te trouble. Il ne tient qu'à toi d'effacer ce jugement de ton âme. Si c'est ta disposition propre qui te chagrine, qui t'empêche de rectifier ton dessein ? »

Il ne faut pas interpréter cette maxime comme un appel à la résignation, car elle suggère avant tout la nécessité d'une appréciation réaliste des buts par rapport aux moyens. Dans cette perspective, Marc Aurèle propose une distinction entre « les choses qui sont en notre pouvoir et celles qui nous dépassent ». Il faut donc agir avec une « clause de réserve », c'est-à-dire en étant conscient que des obstacles peuvent survenir.

Acceptation et art de changer

Ce qui compte, c'est l'authenticité et la sincérité de l'intention : celui qui rencontre des difficultés en pratique ne doit pas s'en affliger, car elles ne dépendent pas de lui. Ainsi, l'échec éventuel est mieux accepté, car il ne doit pas amener le sujet à se blâmer en se l'attribuant totalement. Externaliser la responsabilité personnelle dans ce qui va mal ou bien, et l'évaluer correctement, est l'une des pratiques habituelles de la thérapie cognitive de la dépression.

La souffrance du patient qui entreprend une psychothérapie provient souvent de ses illusions sur lui-même, les autres, le futur, le monde, la vérité, le bien et le mal. Accepter ses limites est le premier pas de toute psychothérapie. « Acceptation » est un mot-valise dont on peut distinguer sept domaines d'application, qui correspondent à chaque fois à une problématique différente. Je vais donc essayer de clarifier les différents types d'acceptation – et de refus d'acceptation – que l'on peut rencontrer en thérapie cognitive.

1. **L'acceptation de soi augmente l'estime pour soi** : c'est l'un des objectifs de la psychothérapie. Néanmoins, le thérapeute doit accepter le patient tel qu'il est, afin que celui-ci s'accepte lui-même. Il en va de même dans toute relation d'amitié, d'amour ou dans un contexte professionnel. Il s'agit donc d'une acceptation en miroir.
2. **L'acceptation de nos limites** conduit à n'engager des actions que dans des domaines qui dépendent de nous. Mais comment savoir exactement ce qui dépend de nous ? Seule une bonne analyse de la situation sur le terrain permet de le faire pour déterminer si une bataille peut être gagnée. Il s'agit donc d'une acceptation stratégique.
3. **L'acceptation de nos émotions** consiste à les vivre au lieu de les nier et de vouloir les contrôler à tout prix. L'acceptation des émotions négatives est l'une des bases des méthodes d'exposition employées par les thérapies comportementales et cognitives (TCC) dans les phobies, dans les obsessions compulsions et dans le stress post-traumatique. Dans cette méthode, le sujet doit accepter de passer par une phase d'exacerbation de l'anxiété, qui, après un

plateau d'habituation, va décroître et se stabiliser plus bas. Le paradoxe inhérent à la TCC est qu'il faut accepter de souffrir afin d'espérer guérir un jour de ses souffrances. Il s'agit donc d'une acceptation par exposition au mal-être temporaire en vue d'un mieux-être ultérieur.

4. **L'acceptation des autres** permet de mieux vivre avec eux. En particulier, comme le recommandent à la fois le bouddhisme et le christianisme, il est bon d'avoir de l'empathie pour ses ennemis, car la haine nous fera encore plus souffrir que le dommage causé par l'ennemi. C'est donc l'acceptation par le pardon.
5. **L'acceptation du monde tel qu'il est.** Mais qu'est-ce que le monde ? Il est parfois sain de vouloir le changer malgré des forces contraires. Machiavel, dans *Le Prince* en 1532, a repris la distinction latine entre la vertu et la fortune. La fortune est ce qui nous arrive de bien ou de mal sans l'avoir voulu. L'accepter est la première phase avant une deuxième phase qui consiste à rebondir. La vertu latine dont parle Machiavel s'appelle le courage ; c'est l'attitude positive devant la mauvaise fortune : « Je juge qu'il peut être vrai que la fortuna soit l'arbitre de la moitié de nos actions, mais aussi que l'autre moitié, ou à peu près, elle nous la laisse gouverner. » En ce sens, le machiavélisme, dans son éloge de la « vertu », représente une forme de psychologie positive[8].

8- J. Cottraux, *La Force avec soi. Pour une psychologie positive*, Odile Jacob, 2007.

L'acceptation momentanée est souvent utilisée dans les techniques de résolution de problèmes. Accepter un échec ou un traumatisme ainsi que la dangerosité du monde permet de mieux rebondir et de le changer. C'est donc l'acceptation résiliente.

6. **L'acceptation de la condition humaine.** Elle consiste à vivre en se disant qu'à tout moment la vie peut s'arrêter, sans que ce que nous avions commencé puisse aboutir sous nos yeux. C'est donc l'acceptation de l'angoisse existentielle.
7. **L'acceptation de la mort.** Elle consiste à n'envisager la mort que comme un passage et à considérer qu'elle seule a pitié de la souffrance humaine. C'est donc l'acceptation compassionnelle de ce que de toute manière, un jour, nous ne pourrons pas fuir.

L'absence d'acceptation représente un déni qui peut se porter aussi bien sur notre monde interne que sur les contingences de l'environnement et les contraintes biologiques qui nous contrôlent. La définition, en psychothérapie, d'un domaine d'acceptation sur lequel un travail personnel est nécessaire, réoriente le sujet vers une attitude positive, et remplace l'auto critique interminable et sa compensation par le fantasme de Monte-Cristo. Après tout, nous n'avons pas à accepter n'importe quoi, mais le refus d'acceptation de ce que nous sommes peut nous rendre inacceptables par les autres.

Facteurs communs des psychothérapies efficaces

1. La thérapie comporte un manuel pour le patient et un autre pour le thérapeute.
2. La psychothérapie suscite des espoirs de changement.
3. Une alliance thérapeutique positive se noue entre le patient et le thérapeute.
4. La psychothérapie commence par une psychoéducation qui explique au patient son trouble.
5. Le rôle des expériences précoces dans le façonnement des problèmes actuels est reconnu.
6. Les systèmes de croyances erronées sont modifiés progressivement.
7. Le psychothérapeute propose un affrontement progressif du malaise en favorisant l'acceptation des émotions positives ou négatives.
8. Il y a une mise en place des stratégies de résolution de problème qui permettent au patient de mieux prendre des décisions.
9. Des plans d'action sont organisés en accord avec le patient.
10. Le but ultime est de changer la vie du patient en fonction de ses valeurs personnelles.

J. C.

NOUS AVONS BESOIN DE RECOMMENCEMENTS

Entretien avec Claire Marin

Philosophe et écrivaine.

• *Vous identifiez les débuts comme des moments décisifs de l'existence. À quoi les reconnaît-on ? À quel point nous changent-ils ?*

Lorsqu'il regarde le chemin parcouru, chacun peut faire la liste des moments qui ont constitué psychologiquement ou symboliquement un début pour lui. Cette liste est toujours personnelle. Le premier jour dans une nouvelle ville rejointe pour poursuivre ses études ? Le voyage scolaire qui a marqué le début d'une passion pour une autre culture ? Une rencontre qui a suscité une vocation ? C'est ainsi que j'entends les débuts, comme des moments importants et durables, incarnés charnellement, vivaces dans notre mémoire, qui s'articulent avec des éléments majeurs de notre identité. Ils dévoilent une partie de nous et engagent notre construction à long terme. Un nouveau champ s'ouvre. On sent que quelque chose se passe qui peut plus ou moins nous changer. La naissance d'un enfant peut bien sûr constituer un début important, tout comme la publication d'un livre. Quand mon manuscrit *Hors de moi* a été accepté par Gérard Berréby chez Allia, ce qui me semblait hors de portée est soudainement devenu possible. C'était un vrai début… Ce qui n'a pas empêché le refus d'autres manuscrits par la suite, mais la voie était ouverte ! Je me souviens aussi de mon premier cours d'allemand, en CP, comme d'une révélation. Des gens, tous les jours, pensaient dans une autre langue où la lune était au masculin et le soleil au féminin. Là a commencé ma fascination pour la multiplicité des langues et des cultures !

Je me souviens aussi très bien, et j'ai les images précises, de la première fois où ma mère m'a mis un crayon entre les mains. Elle tenait ma main pour m'aider à former des lettres et je me disais que c'était trop difficile, que je n'y arriverai jamais. Je crois que je pressentais déjà dans ce geste un enjeu pour ma vie future. Les débuts véritables, ce sont ceux qui créent un trouble, une émotion forte. Ceux-là disent quelque chose de nous, de façon très singulière.

• *Vouloir changer de vie professionnelle ou amoureuse, déménager, recommencer ailleurs et autrement… Que recherchons-nous dans les bifurcations ?*

Ces recommencements volontaires sont toujours risqués. C'est ce nous recherchons… Nous avons parfois besoin de nous mettre en danger, ne serait-ce qu'un peu, pour savoir ce dont nous sommes capables lorsque nous perdons quelques repères. Et puis nous avons besoin d'éprouver que nous sommes à notre place, que ce que nous faisons correspond à nos aspirations. Sortir de notre routine est parfois nécessaire pour se trouver, soi. Mais pour être épanoui, encore faut-il que les autres nous adoubent, nous trouvent légitimes, utiles, doués. Si la pandémie nous a appris quelque chose, c'est à quel point nous avons besoin les uns des autres. Se sentir capable d'être seul avec soi, de se passer du regard des autres, c'est accéder à une forme de vie adulte, disait Donald Winnicott. Cette force psychique est vraiment difficile à atteindre.

• *Vous citez Vladimir Jankélévitch, pour qui l'imprévu est une « invitation à aller toujours plus loin, au-delà de nous-mêmes ». Faut-il souhaiter beaucoup de débuts inattendus pour nous sentir pleinement vivants ?*

Quand ils sont heureux, ces débuts-là nous exaltent, nous font vivre plus intensément, donnant à nos vies des incandescences qu'on voudrait revivre souvent. Dans son essai *La Vie intense. Une obsession moderne* (2016), Tristan Garcia évoque la « sensation indéfinissable qui permet à un être d'évaluer favorablement l'intensité de sa propre existence ». Cette sensation peut être furtive, liée à un paysage, une musique, une rencontre... Il peut y avoir des échanges suspendus, dans un aéroport, dans des moments de transit, au coin d'une rue, avec quelqu'un qu'on ne reverra peut-être jamais mais qui nous aura marqués de son empreinte. Certaines personnes comptent pour nous et ne le sauront jamais !

• *Que dire des débuts tragiques qu'on est obligé de vivre mais qui ressemblent à des débuts de la fin ?*

Les accidents de la vie, les deuils, les ruptures de toutes sortes nous contraignent à recommencer quand on n'aurait jamais voulu avoir à le faire.

Souvent, les gens nous disent « je ne sais pas comment tu as fait, moi je n'aurais pas réussi ». Mais la réalité, c'est qu'en cas de coup dur, nous n'avons pas le choix. Après un deuil majeur dans notre vie, il faut bien continuer, ne serait-ce que pour notre entourage. On est entraîné par la nécessité, presque malgré soi. Un regard, les mots d'un poète, d'un auteur, une sollicitation totalement imprévue, une conversation avec quelqu'un qu'on connaît à peine sont susceptibles de nous emporter et relancer la machine. Je crois beaucoup à cette puissance du verbe et de l'altérité. Ceux qui sont de l'autre côté de la rive, qui ont déjà traversé l'épreuve, peuvent nous être d'une grande aide. Ils contribueront à impulser, parfois sans le savoir, notre nouveau départ.

• *Vous évoquez aussi les débuts manqués. Ces espoirs, ces élans qu'on laisse finalement passer deviennent-ils des regrets ?*

Elles sont nécessaires aussi ces amorces de débuts inachevées, et si humaines ! Nous vivons tous avec deux partitions. Une ligne majeure avec ce que nous avons décidé de faire et une ligne mineure de ce qu'on n'a pas osé accomplir. Parfois, ces lignes se recoupent. On peut craindre d'avoir loupé une bifurcation très importante, mais rien ne dit qu'il sera impossible d'y revenir ! L'idée reste tenace que la vie serait faite de carrefours stratégiques : lorsqu'on choisit un embranchement, ce serait pour toute la vie. Or, cette ligne mineure peut continuer d'exister en sourdine. On peut revenir plus tard à ce carrefour avec davantage d'expérience et des attentes renouvelées. La répétition ouvre la voie à d'autres débuts. Ce que je sais très bien faire, avec facilité, parce que j'en ai pris l'habitude, me permettra de débuter autre chose, ailleurs. Il existe dans nos vies une articulation entre la durée, la continuité, qui s'inscrit en nous comme une seconde nature, et la spontanéité qui permet les changements de cap.

• Votre ouvrage pose aussi une question philosophique de premier ordre : celle du temps. Comment apprécier les débuts puisque nous sommes tous soumis à la fuite du temps ?

Et peut-être de plus en plus ! Votre question invite à une synthèse entre le philosophe Henri Bergson et le sociologue Hartmut Rosa. Le premier affirme que nous avons des œillères dès que nous sommes dans l'action, dans l'intelligence pratique, dans la projection des tâches que nous devons accomplir dans un temps donné. Le second constate que l'accélération du temps que nous vivons dans nos sociétés modernes entraîne des émotions très superficielles. Nous passons à côté de l'introspection, qui suppose le temps de la réflexion. Dans un monde qui va vite, on ne s'autorise pas les parenthèses, les essais, les années sabbatiques, les mises en pause qui permettraient de savoir ce qu'on veut vraiment.

• Parler de débuts, c'est aussi parler d'amour. Les débuts d'une histoire d'amour sont-ils les plus merveilleux que nous ayons à vivre ?

Si on a de la chance, effectivement, ce sont des débuts très forts, peut-être les plus forts de l'existence ! Comme l'écrit Roland Barthes dans *Fragments d'un discours amoureux* (1977), « je suis enchanté, sous l'emprise d'un heureux sentiment qui me dépossède de moi-même ». Autrement dit qui m'allège de mes démons. Mais en matière d'amour et de sexualité, il y a aussi des débuts ratés, nuls, catastrophiques, traumatisants, des débuts dont il est difficile de se remettre. Il existe aussi des débuts inattendus qui rouvrent des horizons, par exemple la découverte tardive, chez certaines femmes, du plaisir sexuel.

• *Il semble que la question des débuts soit aussi reliée à celle de la mort. La multiplication des vies dans une vie nous apporte-t-elle aussi le sentiment d'un éternel recommencement possible ? Et donc d'une forme d'immortalité ?*

Oui, les débuts nous aident à nous sentir encore vivants. Et je crois qu'il faut s'inquiéter quand on ne ressent plus cette espèce d'excitation des débuts, qui traduit notre rapport au possible. Puissions-nous, à n'importe quel âge, être d'éternels débutants ! Nous n'avons pas l'âge que le temps imprime à nos corps tant que nous continuons à espérer d'autres commencements. Ces débuts ont aussi le pouvoir de nous remettre en mouvement quand notre histoire semble figée par un carcan familial, social ou psychologique. Ils remettent en marche le déroulé du temps.

Propos recueillis par Anne-Claire Thérizols

LA RECONVERSION, TOUT UN TRAVAIL !

Mariette Thom

Journaliste scientifique.

Dans cette rue de Saint-Mandé, en banlieue parisienne, l'œil du flâneur ne manquera pas d'être attiré par le bleu profond de la devanture. Sur l'auvent, quelques lettres blanches qui forment le mot « paroles ». C'est ici que Marie-Ève Charbonnier a ouvert sa librairie en 2019. Cette quadra parisienne, « amoureuse des livres » depuis son plus jeune âge, venait d'abandonner un emploi d'éditrice juridique où elle ne trouvait « plus de sens du tout ». La satisfaction du travail fait et du client avait, selon elle, disparu au profit d'objectifs de rentabilité. « En devenant libraire, évidemment que je suis commerçante et que je veux augmenter mon chiffre d'affaires ; mais mon objectif premier, c'est la transmission du plaisir de la lecture. Le travail a retrouvé un sens qu'il avait perdu. » Depuis, la néolibraire a embauché plusieurs salariés ; elle reçoit régulièrement, dans l'intérieur boisé de sa boutique, des auteurs qui viennent présenter leurs dernières parutions – des grands noms parmi lesquels Jonathan Coe, Nicolas Matthieu ou encore Laurent Gaudé.

« Il n'y a pas une seconde où je regrette d'avoir sauté le pas », confie-t-elle.

Voilà un récit qui en ferait pâlir d'envie plus d'un. Ce type de témoignages a fleuri dans la presse ces dernières années, porté par un engouement certain pour le changement au moment de la crise du Covid. Le temps du premier confinement et l'avènement du télétravail auraient fait réfléchir bien des actifs sur leur occupation professionnelle. De fait, en 2022, on enregistre un sursaut de démissions et de ruptures conventionnelles, plus de 670 000 cumulées, soit 115 000 de plus qu'au 1er janvier 2020, d'après les chiffres de la Dares.

On parle de reconversion professionnelle lorsqu'il y a un changement radical dans la carrière d'un individu, en termes de métier et/ou de domaine d'activité. Et ce phénomène ne date pas de mars 2020 : en 2012 déjà, une enquête d'Ipsos révélait que plus de la moitié des actifs passaient par cette réorientation au cours de leur carrière. « Le souhait de changer volontairement d'activité professionnelle pour se tourner vers un autre emploi a pris une place notable dans l'espace social dès les années 2000 », écrivent Catherine Negroni et Olivier Mazade en 2019[1]. Les tentatives pour mesurer l'ampleur du phénomène butent contre les difficultés à le définir précisément, « selon qu'on se réfère aux changements d'emploi, de fiche de poste, d'activité réelle,

1- C. Negroni et O. Mazade. « Entre contrainte et choix, regards sur les reconversions professionnelles subies et les reconversions professionnelles volontaires », *Recherche & formation*, n° 90, 2019/1.

de codification des métiers ou de ressenti », nuance la sociologue Aurélie Gonnet[2].

Pour C. Negroni et O. Mazade, « trois éléments propres à la sphère professionnelle intrinsèques à la situation de travail (sont) prépondérants dans la décision d'engager une reconversion : la satisfaction au travail, l'ambiance et le sens attribué à son travail. » Ces constats sont confirmés par diverses enquêtes quantitatives. Ainsi, une vaste étude de 2022 de France compétences portant sur les actifs hors fonction publique trouve que « la perte de sens constitue la raison la plus partagée (27 %) des actifs en reconversion ; sont aussi marqués l'insatisfaction vis-à-vis des conditions de travail (23 %), de la rémunération (22 %), d'une pression trop importante (20 %), ou des problèmes de santé (maladie, burn-out…) (16 %) ».

C'est quoi un travail qui a du sens ?

La question de la perte de sens n'est donc pas qu'une rhétorique à la mode : il s'agit d'un véritable critère pour les actifs qui se reconvertissent. Du moins, c'est une explication largement mobilisée par eux. Ce que recouvre cette idée, toutefois, reste assez flou : un travail a-t-il du sens car il est utile pour la société ? Ou parce qu'on peut facilement constater le résultat concret de ses efforts ? Dans un rapport de la Dares de 2021,

2- A. Gonnet, « On ne fait plus le même métier toute sa vie », *in* M.-A. Dujarier (dir.), *Idées reçues sur le travail. Emploi, activité et organisation*, Le Cavalier bleu, 2023.

les économistes Thomas Coutrot et Coralie Perez citent ainsi un exemple éloquent. Lorsqu'on explique à des travailleurs *freelance* devant effectuer des microtâches que leur travail contribue à la recherche contre le cancer, la qualité et la quantité de leur travail augmentent sensiblement.

Les deux économistes isolent trois critères constitutifs selon eux du sens du travail : le « sentiment d'utilité », quand le travailleur « voit que le produit concret de son travail permet de satisfaire les besoins de ses destinataires », qu'il contribue à « transformer positivement le monde » ; la « cohérence éthique », soit « la possibilité de travailler en accord avec ses normes éthiques et professionnelles » ; enfin la « capacité de développement » soit « la possibilité de déployer sa créativité, d'apprendre, de développer ses compétences, de réaliser son potentiel ».

Cela explique que des personnes engagées dans des métiers dont l'utilité sociale est évidente n'y trouvent pas de sens. Ainsi de ces journalistes, étudiés par Jean-Marie Charon et Adénora Pigeolat dans *Hier, journalistes. Ils ont quitté la profession* (2021), qui se retrouvent à réécrire des communiqués de presse et à produire des contenus sans intérêt. C'est ici leur capacité de développement qui est entravée, ce qui les empêche de trouver du sens à leur travail.

Pour François, toutefois, c'est la question de la cohérence éthique qui était en cause. Secrétaire de rédaction dans le même journal pendant des années, ce journaliste chargé de l'édition et de la correction des articles a vu l'exigence baisser à mesure que les plans sociaux se succédaient. « On demandait aux gens de mal travailler, de relire très vite les papiers, de laisser passer », témoigne-t-il. Le travail qu'on exigeait de lui ne correspondait plus à son éthique professionnelle. Désabusé, il profite du Covid pour amorcer une reconversion : ce passionné de fromages décide de se lancer dans la crémerie.

C'est aussi pour des raisons de cohérence éthique que de plus en plus de jeunes actifs, sensibles à la question écologique, délaissent un système et des emplois qui nuisent à la planète. Ainsi Marine Miller, dans *La Révolte. Enquête sur les jeunes élites face au défi écologique* (2021), décrit bien cette génération de jeunes surdiplômés qui « bifurquent », délaissant des jobs bien payés dans des boîtes de conseil ou de grosses industries, pour se lancer dans la lutte écologique.

La pandémie, un déclic

Dans les récits de reconversion, C. Negroni identifie cinq phases : la vocation contrariée, le désengagement, la latence, la bifurcation et le réengagement. « Ces différentes phases se succèdent de manière non linéaire, la démarche pouvant être interrompue lors des trois premières phases », précise la sociologue. L'individu ne s'épanouit plus dans son travail, il s'en désinvestit et entre dans une période de flottement : il se cherche. Avant de quitter son boulot, M.È. Charbonnier ressentait une certaine « lassitude » ; elle avait même déjà réalisé un bilan de compétences trois ans avant son départ. Mais ce n'est que quelques mois avant sa prise de décision qu'elle se met à rencontrer des libraires. « Il y a eu un long moment de maturation, et à un moment, ça s'est cristallisé, décrit-elle. Après, c'est devenu évident, je ne pouvais plus revenir en arrière. »

Souvent, les individus décrivent un élément déclencheur, un moment décisif à partir duquel tout s'enchaîne. Ce « *turning point*, explique C. Négroni, ne se déclenche que parce qu'il y a une direction préexistante en filigrane. Et c'est à ce titre qu'il acquiert le statut d'événement déclencheur ». Pour François, c'est la pandémie et le télétravail qui lui permettent de prendre du recul. Enfin, l'individu se réengage dans un nouveau domaine professionnel. Cette phase se concrétise par l'inscription dans une formation ou l'entrée dans un nouvel emploi. Pour Marie-Ève, cela a été une courte formation, puis le rachat d'une ancienne librairie.

Il n'y a rien de magique dans ce processus. C. Negroni insiste sur le fait que la reconversion professionnelle volontaire est un processus de décision, dans lequel l'individu est acteur. Il faut qu'il soit prêt à entrer dans une démarche d'analyse biographique, de réflexion sur sa situation, qu'il réussisse à se mettre en action, en se renseignant sur les formations ou les dispositifs de reconversion mis à sa disposition, et qu'il se donne les moyens matériels et financiers de mener à bien son projet.

Parfois, le processus ne va pas à son terme. Quand François quitte son emploi, il entame une formation de crémier, puis accepte un premier CDD. Une expérience qui lui plaît, mais qui le fait également réfléchir. Horaires contraignants, travail le week-end alors même qu'il a de jeunes enfants, risques d'accident du travail, contraintes liées à des exigences d'hygiène très fortes dans ce domaine, investissement financier à faire, responsabilités de chef d'entreprise, impossibilité de trouver un ou une partenaire avec qui partager cette charge…, tout cela le fait remettre en question son projet, alors même qu'il avait trouvé un local où s'installer. « J'avais le sentiment d'être spectateur de mon projet, illustre-t-il. Et plus je doutais de ma reconversion, de sa pertinence, plus je me disais qu'en même temps, j'aimais bien ce que je faisais auparavant. Ce qui faisait le sel de mon précédent métier, j'en avais toujours envie. C'était surtout mon employeur qui m'avait éloigné de ma profession. » Quelques mois plus tard, « réoxygéné », il était de nouveau journaliste « avec un appétit renouvelé ».

Des cadres désabusés

« L'affirmation d'un désir de mobilité masque souvent une insatisfaction voire un épuisement professionnel, moins lié au métier qu'à l'environnement de travail », pointe A. Gonnet. On pense vouloir changer de métier pour trouver du sens, comme l'illustre bien le cas de François ; mais ce n'est jamais la seule motivation à l'œuvre. Conditions de travail, rémunération, pression ou problèmes de santé sont également cités par les actifs en reconversion interrogés par France compétences en 2022. « Le développement de l'accompagnement des mobilités individuelles tend à jeter un voile sur la dimension collective du travail – et ses maux –, mais aussi sur les déterminants socio-économiques des choix et parcours professionnels », poursuit la sociologue. En se focalisant sur la question du sens, donc sur un ressenti individuel, on élude les défaillances structurelles qui font que les gens sont dégoûtés de leur travail.

D'ailleurs, loin de l'image que l'on se fait des cadres supérieurs désabusés qui partent dans le Jura se mettre à la vannerie, on constate que les catégories ayant le plus tendance à changer d'orientation professionnelle sont les demandeurs d'emploi (72 %), les ouvriers (66 %) et les employés (63 %) (Ipsos, 2012). Une enquête de la Dares portant sur les actifs ayant changé de métier entre 2010 et 2015 analyse plus finement leur profil. Ce sont l'électricité-électronique et l'artisanat qui voient le plus d'actifs quitter le navire, avec un changement de métier qui se couple plus fréquemment d'un changement de domaine – ce que l'étude explique par le fait que ces métiers mobilisent des compétences plus facilement transférables dans d'autres domaines. Et sans surprise, la stabilité de l'emploi est un critère déterminant : 39 % des contrats à durée limitée en 2010 avaient changé de métier en 2015, contre 9 % des fonctionnaires et 23 % des CDI.

À ce titre, A. Gonnet ne manque pas de noter que « le succès croissant depuis quarante ans des notions de mobilité puis de transition professionnelle, dans un contexte de chômage de masse et de précarisation de l'emploi, s'est accompagné de la diffusion de l'idée selon laquelle tout un chacun aurait dorénavant plusieurs vies professionnelles ». La diffusion et la valorisation de cette idée qu'« on ne fait plus le même métier toute sa vie » s'inscrivent dans un contexte qu'il ne faut pas oublier. Quant à la « grande démission » qu'on nous annonçait à la fin du Covid, il semble que cette remise en cause générale du travail n'ait pas eu lieu : si un certain sursaut a bien été enregistré dans les démissions en 2022, analyse l'institut Montaigne en février 2023, ce ne serait que le reflet d'un marché du travail en bonne santé où le taux de chômage est bas, et non d'une plus grande insatisfaction des Français envers leur emploi.

Les cinq étapes de la reconversion

Dans la reconversion professionnelle, l'acteur fait un travail sur soi. Il décrit, *a posteriori*, plusieurs étapes par lesquelles il passe. Ces étapes peuvent se chevaucher, selon la sociologue Catherine Negroni, autrice d'une thèse sur le sujet.

1. **La vocation contrée**. L'individu exprime un ressentiment : on l'a empêché de suivre son penchant pour un domaine particulier. C'est une phase de justification de la démarche entreprise.
2. **Le désengagement**. L'individu, insatisfait de sa situation professionnelle, se désinvestit de son travail.
3. **La latence**. L'individu prend acte de son désengagement, entre dans une démarche d'introspection, revisite ses rêves et envisage de nouvelles possibilités.
4. **La bifurcation**. C'est le moment de la prise de décision. Des événements déclencheurs peuvent pousser l'individu à sortir de la latence pour entrer dans l'action : opportunités professionnelles, changement de situation familiale, etc. Des rencontres, le soutien de son entourage jouent également.
5. **Le réengagement**. L'individu met en œuvre son projet. Cela passe par des bilans de compétences, des formations ou encore la création d'une entreprise.

M. T.

• Catherine Negroni, *Reconversion professionnelle valorisante*, Armand Colin, 2007.

SCULPTER SON CORPS POUR SE RÉINVENTER

David Le Breton

Sociologue.

Nos sociétés connaissent aujourd'hui une inflation des pratiques et des discours autour d'un corps devenu matière première de la fabrique de soi dans un contexte d'hyperindividualisation du lien social. Sans un travail sur soi, le corps est perçu comme insuffisant, imparfait, voire méprisable ou surnuméraire, fossile d'une humanité promise à une disparition prochaine, notamment dans le discours transhumaniste[1]. Il n'est plus l'incarnation radicale et stable du sentiment de soi, il est à la disposition de l'individu pour qu'il s'invente des personnages à sa guise en puisant dans une prolifération d'offres : tatouages, implants sous-cutanés, bodybuilding, diététique, régimes alimentaires, cosmétiques, prise de produits ayant des incidences sur la conformation physique ou psychologique, gymnastiques de toutes sortes, marques corporelles, chirurgie ou dermatologie esthétiques, changement de genre, etc.

1- D. Le Breton, *L'Adieu au corps*, 1999, rééd. Métailié, 2013, et *Anthropologie du corps et modernité*, 7e éd., PUF, coll. « Quadrige », 2013.

Le corps s'érige en lieu de salut se substituant à l'âme dans une société sécularisée. Longtemps dans nos sociétés, il était pour le meilleur et pour le pire au cœur de l'existence, il n'est plus aujourd'hui la souche identitaire inflexible d'une histoire personnelle, mais une forme à remanier inlassablement au gré des désirs de l'individu, selon l'ambiance sociale du moment. En changeant son corps, il souhaite changer son existence, c'est-à-dire remanier un sentiment d'identité lui-même devenu obsolescent.

Le corps est désormais une construction personnelle, un objet transitoire, susceptible de maintes métamorphoses selon les aspirations de l'individu. L'apparence alimente une industrie sans fin, sans cesse relancée par le marketing et les offres du marché. Et par l'inventivité d'un acteur dont l'autonomie paraît immense, mais qui est pour l'essentiel une liberté de se mouvoir parmi les allées des hypermarchés afin de choisir le produit qui participe le mieux du style dont il se sent proche. Liberté formatée où il importe de se « personnaliser » en ayant la main heureuse dans ses choix, plutôt que de faire œuvre de son existence. À défaut de grands récits pour s'orienter, le marketing suggère une myriade de petits récits en célébrant des produits d'appel autour du corps. L'expérimentation prend la place des anciennes identités fondées sur l'*habitus* et l'identification. Le sentiment de soi est alors inlassablement travaillé par un acteur dont le corps est un outil de l'affirmation de soi dans une société de l'image, du look, de l'apparence.

Reprendre le contrôle de son existence

À défaut d'exercer un contrôle sur son existence dans un monde insaisissable, le corps est un objet à portée de main sur lequel nourrir enfin une souveraineté mise en difficulté partout ailleurs. Le désinvestissement des systèmes sociaux de sens amène à une centration accrue sur soi. Le repli sur le corps et l'apparence est un moyen de réduire l'incertitude en cherchant des limites symboliques au plus proche. Il ne reste plus que le corps auquel l'individu puisse s'accrocher pour se sentir bien dans sa peau. L'obsolescence de la marchandise est devenue aussi celle du corps. Il faut y ajouter sa marque propre pour en prendre possession et sursignifier ainsi son apparence. Prothèse d'un moi éternellement en quête d'une incarnation provisoire pour assurer une trace significative de soi dont les ingrédients ne cessent de se modifier selon les abondantes propositions du marché.

Désormais brouillon à corriger par un travail adéquat, le corps est l'habitacle provisoire d'un individu qui refuse toute fixation et choisit une forme de nomadisme de sa présence au monde. Espace d'expérimentation visant à transformer le rapport au monde, à multiplier les sensations et les stylisations possibles de soi. L'ampleur sociale de ce souci dit cette volonté de signer son corps, de se l'approprier pour devenir enfin soi. L'individualisation du lien social rend l'individu non seulement libre de ses attaches avec les autres, mais libre également de ses attaches identitaires, de ses assises corporelles ou de genre. Elle entraîne l'individualisation du corps. Il importe alors d'avoir un corps à soi, un corps pour soi.

Besoin de reconnaissance

Nombre de nos contemporains deviennent les designers de leur apparence et bricolent leur corps selon les circonstances. On le personnalise et customise à l'image d'autres objets du quotidien. Proposition à affiner et à reprendre, ses modes de transformation sont d'abord une manipulation symbolique du sentiment de soi, et traduisent un jeu subtil entre le public et le privé. Dans une société du spectacle, où règnent en permanence la distance et le regard, il faut en imposer aux autres par son apparence, tirer son épingle du jeu. L'individu dispose des signes d'identité sur son corps à travers lesquels il interroge sa place dans le monde. Le succès planétaire du tatouage en est une illustration. Il faut se mettre hors de soi pour devenir soi, puisque soi est désormais surtout un effet de regard. L'intimité connaît une extension publique, elle appelle la reconnaissance des autres. Mais la tâche exige sans arrêt de remettre le corps sur le métier dans une course sans fin pour adhérer à soi. Ce supplément assure le soi à l'image de cette étudiante confessant que c'est seulement après son premier tatouage qu'elle s'est sentie enfin « complète ». L'impératif premier lancé à l'individu est de devenir soi, c'est-à-dire finalement de savoir choisir dans le magasin des accessoires un produit qui le révèle à lui-même.

Volonté d'autogénération qui alimente souvent le cliché de l'individu affirmant avec fierté qu'il s'est « réapproprié » son corps. On n'est plus soi par le polissage de ses relations aux autres et un cheminement personnel, mais par le miracle de la trouvaille du bon produit. Quel qu'il soit, le signe cutané est une prise de marque avec un monde qui échappe en grande part. Il s'agit de remplacer des limites de sens qui se dérobent par une limite sur soi, une butée identitaire pour se reconnaître et se revendiquer comme soi. La modification corporelle (le terme est déjà révélateur) devient un badge identitaire, parfois de manière assez radicale.

Aujourd'hui comme autrefois, la biologie est un chapitre du politique. Les anciens codes culturels du féminin et du masculin sont remis en question. Le genre devient un vaste champ d'expérimentation, une affaire privée, et non plus une question de naissance ou de biologie. Là où la fabrique corporelle de soi ne cesse d'élargir son champ d'intervention possible, féminin et masculin incarnent une différence parmi une multitude d'autres, proposition initiale éventuellement à rectifier selon une volonté propre. Certains trans entendent même subvertir radicalement ces catégories devenues obsolètes à leurs yeux. Le corps est l'outil pour se créer des personnages dépendant du contexte. Volonté de conjurer la séparation, de ne plus faire du sexe (du latin *secare*: couper) un corps ou un destin, mais de s'en affranchir pour s'inventer et se mettre soi-même au monde à travers une anatomie nomade. L'assignation à un genre est une histoire qu'on se raconte.

Une esthétique de la présence

Les transgenres sont des individus postmodernes en ce qu'ils entendent se mettre au monde par eux-mêmes, rectifier leur origine en décidant de leur renaissance sous une apparence n'appartenant qu'à eux. Ils font de leur corps une décision propre et non un destin anatomique. Certes, ils n'échappent pas à l'histoire de leur société, à leur condition sociale, aux valeurs ambiantes, aux représentations qui les entourent, même s'ils se les approprient à la première personne, ils sont dans la position d'artistes qui jouent de leur existence et impriment leur marque sur un langage déjà donné. Voyageur de leur propre corps dont ils changent à leur guise la forme, ils poussent à son terme le statut de ressource d'un corps devenu modulable.

Impossible de penser le corps sans envisager la pluralité de ses mises en jeu, de ses ambivalences. Dans la mesure où l'individu devient le concepteur de son corps, il fétichise parfois les stéréotypes associés au masculin et au féminin. Les normes corporelles ne disparaissent pas, elles se multiplient et se font d'autant plus incisives qu'elles paraissent moins impératives, laissant l'individu à leur appréciation. Le binarisme homme-femme est ici fortement sollicité. La femme cherche à être plus femme à travers un corps mince, sain, svelte, jeune, séduisant, lisse… Des hommes renchérissent sur des normes de virilité aujourd'hui en crise, par exemple le bodybuilder, le bâtisseur de corps, construit ses limites physiques. Il endosse son corps comme une deuxième peau où il se sent enfin à l'aise. Sa force est inutile, seule importe une esthétique de la présence.

Le sujet postmoderne est fragmentaire, saisi dans le flux de la consommation et des signes qu'il laisse percevoir de lui, tout en extériorité. Le sentiment d'identité est un permanent *work in process*, un écran où projeter une image désirée. Prêt à jeter à l'image des autres produits ambiants au sein d'un immense vestiaire où la singularité implique de se diluer dans un ensemble plus vaste, le corps devient un récit personnel toujours à reprendre, un accessoire à retravailler ou à entretenir pour se créer des personnages et les décliner socialement pour assumer la multiplicité de soi. Ces jeux de transformations corporelles alimentent une identité narrative devenue notre lot à travers un permanent commentaire sur soi. Le corps ne détermine plus l'identité, il est à son service[2].

2- Sur tous les points esquissés ici je renvoie à D. Le Breton, *Anthropologie du corps et modernité*, *op. cit.*

MAIGRIR, UNE ENTREPRISE COLLECTIVE

Muriel Darmon

Directrice de recherche au CNRS.

Les processus de conversion ont fasciné nombre de sociologues, même ceux qui ont par ailleurs démontré leur improbabilité sociale. Parmi eux, Pierre Bourdieu et Jean-Claude Passeron, dont on sait en effet combien leur théorie insiste sur la force des primes socialisations et de la résistance des produits des apprentissages antérieurs. Pour souligner le caractère radical de telles transformations, ils emploient le terme grec de « *metanoia* » qui implique, au-delà de la conversion, l'idée d'une mutation et d'une renaissance. Ils insistent sur les techniques particulièrement poussées de « déculturation et *reculturation*[1] » qui, comme dans le travail pédagogique qu'ils étudient, sont nécessaires pour produire chez l'individu de nouvelles dispositions (manières de penser, d'agir et de sentir qu'ils nomment *habitus*) aussi solides que celles acquises lors de la prime éducation, tout en ayant à compter avec ces dispositions préexistantes. Peter Berger et Thomas Luckmann parlent quant à

1- P. Bourdieu et J.-C. Passeron, *La Reproduction. Éléments pour une théorie du système d'enseignement*, 1970, rééd. Minuit, 1993.

eux d'« *alternations* » pour désigner ces cas extrêmes où l'individu « change de monde », c'est-à-dire ceux au cours desquels intervient un processus de socialisation qui transforme l'individu de manière quasi totale[2].

Mais comment étudier empiriquement de tels processus, rares par définition ? Il existe en fait des institutions dont c'est le mandat social explicite. Le groupe commercial d'amaigrissement étudié en fait partie, et c'est pour analyser les processus de conversion qui s'y opèrent (ou échouent) que j'ai réalisé une enquête par observation d'un de ces centres.

Son système s'organise autour d'une réunion hebdomadaire, payante, qui tient à la fois du groupe de parole et de la séance collective de formation assurée par une « animatrice ». Cette dernière pèse les adhérentes à l'arrivée et leur présente, semaine après semaine, différents aspects du régime (notamment un contrôle des calories et des lipides ingérés qui se fait par l'intermédiaire de la gestion d'un total journalier de « points »). Ce programme vise donc à obtenir une modification des pratiques et une conversion des dispositions individuelles. Et ce à partir d'une unique, et apparemment peu contraignante, réunion hebdomadaire et collective de 45 minutes. En fait, l'institution déploie un dispositif de contrôle très étendu que l'on peut qualifier

2- P. Berger et T. Luckmann, *La Construction sociale de la réalité*, 1966, rééd. Armand Colin, 2006.

de « régime de contrainte », qui en fait une véritable « machine à faire maigrir ».

Se surveiller les unes les autres

Les animatrices, qui pèsent les adhérentes chaque semaine et leur commentent perte et prise de poids, exercent le contrôle le plus visible et explicite, celui d'un « juge derrière la table », pour reprendre les termes de l'une d'entre elles. Mais elles ont aussi pour mission d'enrôler dans le contrôle institutionnel des alliés qui vont avoir pour effet d'étendre ses limites hors de la salle de réunion. Les co-adhérentes du programme tout d'abord, qui se surveillent les unes les autres et entre lesquelles l'institution encourage la compétition. Les proches appartenant au groupe domestique de l'adhérente ensuite, à qui le programme peut faire jouer le rôle de force de rappel des consignes institutionnelles hors les murs de l'institution.

Les limites de l'institution, et notamment de son pouvoir de coercition, ne sont donc pas données *a priori*. Elles sont l'objet d'un travail visant à les étendre, au sein duquel la forme écrite fonctionne comme un instrument de « contrôle à distance[3] » : l'écrit est partout dans le programme (affiches, livrets de conseils, guides du programme, livres de cuisine, bilans à remplir scrupuleusement, auxquels se sont ajoutés plus récemment les écrits « informatiques » du site

3- B. Lahire, *L'Homme pluriel*, 1998, rééd. Armand Colin, 2005.

internet ou des applications dédiées), et une véritable « avalanche scripturale » se déverse depuis la salle de réunion jusqu'au domicile ou au téléphone portable de l'adhérente, où les divers documents stockés et utilisés jouent comme autant de microrappels à l'ordre.

On retrouve ici les conclusions de P. Berger et T. Luckmann sur la dimension institutionnelle des conversions[4] : ce n'est pas la crise mystique qui produit en elle-même le converti (le fait de rencontrer Dieu derrière un pilier de Notre-Dame, pourrait-on dire), mais bien l'inscription dans une structure sociale (l'institution religieuse, pour poursuivre la métaphore) qui « confirme » jour après jour les produits de la resocialisation et qui permet de rester converti. On pourrait ainsi dire, en retournant une formule d'Émile Durkheim, que « la conversion est une éducation[5] » derrière laquelle se déploie toute une institution.

La transformation que vise le programme prend par ailleurs sens dans un espace social hiérarchisé. Elle s'apparente à une traversée de l'espace social, du populaire au petit-bourgeois[6]. La pratique même du régime est une pratique socialement clivante, bien plus fréquente dans les classes moyennes et supérieures. De même, pour les femmes, maigrir signifie s'élever dans l'espace social des corps, puisque le poids moyen

4- P. Berger et T. Luckmann, *op. cit.*

5- É. Durkheim, *L'Évolution pédagogique en France*, 1938, rééd. Puf, 1990.

6- P. Bourdieu, *La Distinction. Critique sociale du jugement*, 1979, rééd. Minuit, 1996.

baisse à mesure que l'on passe des femmes des classes populaires aux femmes des classes supérieures[7]. Les recettes proposées constituent en outre une injonction à adopter l'alimentation propre aux classes moyennes et supérieures : cuisines exotiques, crustacés, poissons, fruits et légumes frais[8]...

Mais l'institution vise à « régler la vie[9] » des adhérentes bien au-delà des strictes questions de poids. Elle joue de ce fait le rôle traditionnel d'une institution de moralisation des classes populaires en dessinant les contours d'une adhérente idéale. Bonne ménagère de classe moyenne, bonne cuisinière, cette dernière prend soin de respecter les normes de santé publique les plus variées (des conduites face au soleil au maintien d'une activité intellectuelle pendant la vieillesse). Elle se soucie également de la célébration pointilleuse mais diététique des fêtes du calendrier liturgique et familial : Noël, la Chandeleur, Mardi gras, Pâques, la fête des Mères et toutes les fêtes de famille marquent d'ailleurs, mois après mois, la décoration de la pièce où se tient la réunion, les livrets mensuels distribués et le thème des réunions. Elle sait enfin s'organiser, anticiper et « économiser » : économiser les points dans son régime bien entendu, mais plus largement faire preuve de retenue

---

7- T. de Saint Pol, « L'obésité en France : les écarts entre catégories sociales s'accroissent », *Insee Première*, n° 1123, 28 mars 2007.

8- F. Régnier, A. Lhuissier et S. Gojard, *Sociologie de l'alimentation*, La Découverte, coll. « Repères », 2006.

9- L. Boltanski, *Prime éducation et morale de classe*, 1969, rééd. EHESS, 1984.

et d'une gestion de bonne mère de famille dans tous les domaines de la vie. C'est à l'aune de ce modèle que s'opèrent les transformations escomptées qui, on le voit, sont loin de ne toucher qu'au corps.

Le poids des logiques sociales

L'examen de cette institution nous rappelle donc que les changements individuels prennent toujours place dans un espace social orienté, qu'il s'agisse comme ici de conversions ascendantes, descendantes (celle par exemple du prince dans le conte de Mark Twain[10], conduit à désapprendre son éducation royale pour devenir un parfait petit voleur des rues) ou « horizontales » (comme dans les cas des stratégies et trajectoires de reconversion du capital économique en capital culturel, dont un exemple célèbre est celui de la narratrice des *Armoires vides* d'Annie Ernaux, fille d'épiciers devenue enseignante[11]). Il nous engage, dans l'examen des changements individuels, à toujours mener à bien deux quêtes parallèles : chercher l'institution, chercher l'espace social. Alors que domine l'idée que le changement individuel serait une simple question de volonté ou de motivation, la sociologie rappelle ainsi les logiques sociales qui y président et les contraintes sociales dans lesquelles il s'inscrit.

10- M. Twain, *Le Prince et le Pauvre*, 1882, rééd. L'Aube, 2008.

11- A. Ernaux, *Les Armoires vides*, 1974, rééd. Gallimard, coll. « Folio », 2006.

CHANGER DE VIE SANS EN CHANGER VRAIMENT : LA CONVERSION RELIGIEUSE

Loïc Le Pape

Sociologue.

Le religieux contemporain se caractérise par la fin des appartenances religieuses héritées (la religion des grands-parents) au profit du choix désormais individuel de s'inscrire, ou pas, dans une appartenance religieuse. Selon Danièle Hervieu-Léger, les façons de croire aujourd'hui oscillent entre deux figures types, le pèlerin, qui « papillonne » et « bricole » entre croyances diverses et lieux sacrés et le converti qui décide, de lui-même, de s'ancrer dans une institution religieuse[1].

Quel est le point commun entre l'ancien footballeur Franck Ribéry, le chorégraphe Maurice Béjart, la rappeuse Diam's, le peintre orientaliste Étienne Dinet ou le chanteur Cat Stevens ? Tous ces personnages plus ou moins célèbres ont entrepris une démarche à la fois suspecte et intrigante, la conversion religieuse (en l'occurrence ici, ils sont convertis à l'islam). Tous, dans les rares récits qu'ils font (ou ont faits), insistent sur la dimension du changement intérieur et sur

1- D. Hervieu-Léger, *Le Pèlerin et le Converti. La religion en mouvement*, Flammarion, 1999.

l'aboutissement d'une trajectoire. La conversion religieuse serait ainsi un grand chamboulement intime tout en étant un cheminement d'une rare régularité puisque tous affirment qu'ils sont restés les mêmes. Alors, qu'est-ce qui change lorsqu'on change de religion ?

Un processus et des procédures

Les conversions religieuses sont observables d'un point de vue sociologique si l'on prend en compte un cheminement qui commence généralement par une quête et s'achève par une cérémonie d'intégration dans une nouvelle Église (au sens anthropologique). Lewis Rambo en propose sept étapes dans un ouvrage célèbre : le contexte (propice à un changement), la crise, la quête, la rencontre, l'interaction, l'engagement et les conséquences de cet engagement[2]. Tout le monde n'est pas d'accord avec ces étapes, on peut en ôter ou en regrouper, mais les spécialistes s'accordent sur la dimension processuelle et le poids des contextes sociaux. Les premiers travaux sur les conversions religieuses mêlent sociologie de l'engagement, de la socialisation et analyse de « nouveaux mouvements religieux » (*New Religious Mouvements*), issus de la contre-culture aux États-Unis[3]. Le processus d'intégra-

---

2- L. R. Rambo, *Understanding Religious Conversions*, Yale University Press, 1993.

3- J. Lofland et R. Stark, « Becoming a World-Saver: a Theory of conversion to a Deviant Perspective », in *American Sociological Review*, vol. 30, 1965 ; D. Snow and R. Machalek, « The sociology of conversion » in *Annual review of sociology*, 10, 1984.

tion dans de nouvelles croyances croise trois modalités d'engagement ou trois « figures du converti » que rapporte D. Hervieu-Léger : l'individu qui « change de religion », celui qui, n'ayant appartenu à aucune Église décide « d'entrer en religion » et enfin le « converti de l'intérieur », celui qui se réaffilie à son Église d'origine[4].

La sociologie des conversions religieuses prend donc en compte des trajectoires identifiables qui s'achèvent toujours par l'adhésion à une Église et sont marquées par un rituel (bain rituel ou *mikvé* dans le judaïsme, formule sacrée, *shahada* dans l'islam et baptême dans le protestantisme et le catholicisme). Prendre en compte la logique de l'adhésion à une religion permet de souligner les interactions entre des croyants qui souhaitent adhérer et une institution, plurielle, qui opère une sélection des candidats. Cela permet également de détailler le processus de formation et les tensions qui existent entre les attentes des convertis et les réponses de l'Église, qui ne sont pas forcément en adéquation.

En effet, tout oppose une institution religieuse chargée de la gestion au long court d'une communauté de croyants et des convertis qui se situent dans une démarche individuelle, immédiate, souvent saturée émotionnellement, et dont la prise en charge peut s'avérer délicate. Des hommes et des femmes, clercs ou laïques, sont spécialement formés pour accueillir les candidats à la conversion, pour sonder les âmes,

4- D. Hervieu-Léger, *op. cit.*

déceler le bien-fondé de leurs motivations, ordonner leurs émois, et parfois, pour leur signifier un refus. Une Église accueille de l'émotion, de l'exceptionnel mais se doit d'imposer du rituel incorporé, du banal[5].

Pour atténuer le hiatus entre les croyances effervescentes des convertis et la routine recherchée, l'institution oblige celles-ci et ceux-ci à suivre une procédure souvent stricte qui vise à adapter leurs croyances aux rythmes de l'institution. Cela passe par l'apprentissage de textes, par des réflexions menées en commun sur l'actualité des croyances, par des enseignements de culture religieuse ou par des cours de langue (l'arabe pour l'islam, l'hébreu pour le judaïsme). Toutes ces épreuves font partie du processus de conversion, elles l'encadrent, car l'institution forme et formate. À ces épreuves, les convertis doivent apporter la preuve de leurs motivations, des raisons qui les poussent à se convertir ainsi que la preuve de leur apprentissage (dans le judaïsme, les candidats à la conversion passent des examens). Mais les convertis doivent aussi faire preuve d'aisance pour raconter leur parcours spirituel et montrer de quelles façons ils et elles insèrent leur histoire personnelle avec celle, forcément plus longue, de la nouvelle religion. Évidemment, celles-ci et ceux-ci peuvent tout à fait arranger une réalité, mentir sur leurs motivations et donner le change face aux personnes

5- L. Le Pape, *Une autre foi. Itinéraires de conversion en France, juifs, chrétiens, musulmans*, Presses de l'Université de Provence, 2015.

chargées de les accompagner. La dimension stratégique de la conversion est centrale !

La conversion s'achève lorsque le converti peut en faire le récit

Pierre-Antoine Fabre note que le « récit de conversion s'inscrit dans le fait de la conversion comme l'une des étapes de ce processus[6] ». C'est même l'ultime étape, car dire sa conversion, c'est-à-dire pouvoir raconter à autrui ses émotions, le changement ressenti, les formes et les désirs du cheminement implique une distance critique et un recul sur son propre parcours. Cela résulte d'un apprentissage, celui de la construction du récit, qui s'effectue dans la nouvelle Église et au contact des coreligionnaires. Produire un récit, c'est donc officialiser une démarche, accepter en quelque sorte qu'elle soit rendue publique, donc potentiellement débattue. La conversion religieuse est un processus relationnel : il faut apprendre à (se) dire puis s'exercer à (se) raconter. Mais auprès de quel public ?

Le premier public est celui de l'institution d'accueil, les clercs et les laïques et les coreligionnaires, ceux et celles qui accueillent le ou la converti dans sa nouvelle « maison ». Pour l'institution, ils et elles élaborent un récit spécifique, qui sera sans cesse réactualisé en fonction des demandes et des commentaires. L'important

6- P.-A. Fabre, « Présentation. Conversions religieuses : histoires et récits », *Annales. Histoires, Sciences sociales*, vol. LIV, n° 4, 1999.

est de pouvoir raconter une histoire personnelle en rendant conforme cette histoire avec une visée plus générale, celle de la communauté des croyants.

Le deuxième public est composé des personnes proches, de l'entourage. Sa famille, bien sûr, mais aussi ses amis, ses relations de travail, ses voisins, etc. Toute personne les connaissant à qui il ou elle va confier son aventure spirituelle. Là aussi, le travail des convertis s'effectue en réadaptant leurs histoires aux commentaires qui leur sont faits. Cette confrontation est cruciale, car elle permet au futur converti de jauger la réaction des proches et de voir sa démarche comprise et admise (ou pas) par la confrontation avec ce public. Une réaction négative persistante (« cela n'est pas de toi », « je ne comprends pas », « je n'accepte pas ») serait le signe d'une conversion mal reçue et potentiellement dangereuse. En demandant, de façon indirecte, au public des proches d'avaliser le changement, le travail des convertis est de montrer qu'ils et elles savent gérer, expliquer et contenir un changement important, celui des croyances intimes. Finalement, leur démarche est de faire comprendre à leurs proches toute l'importance intime de ce changement (« un vrai bouleversement intérieur ») tout en limitant les changements extérieurs (rester soi-même, ne pas faire « mauvaise figure » selon Erving Goffman).

Choisir le camp des croyants dans une société d'incroyants

L'ultime confrontation du converti avec un public se retrouve dans l'affichage social de ses croyances. Cet affichage passe par des changements vestimentaires (porter une kippa, une djellaba, une croix, un voile), par des changements de physionomie (opter pour une barbe, porter une perruque, cacher son corps, etc.) ou par des changements de comportement (respecter des règles de non-mixité, changer son discours, ses opinions philosophiques ou politiques sur des sujets importants tels que l'avortement, les pratiques sexuelles, la tolérance religieuse). Bref, la nouvelle vie du ou de la converti consiste à adapter à sa vie quotidienne les conséquences du changement dans sa vie religieuse. Et cette étape s'effectue aussi avec un public au gré de rencontres, de discussions, d'échanges et de partages, parfois d'incompréhensions.

L'affichage de ses croyances, même discret, dans l'espace public s'effectue dans un environnement particulier : celui d'un « contexte laïc » (Jean Baubérot) ou « âge séculier » (Charles Taylor) où l'incroyance (*unbelief*) est « l'option religieuse "par défaut" » dans les pays occidentaux[7]. Se convertir, c'est donc prendre une autre option, celle de s'afficher dans le camp des croyants, de fréquenter des lieux de culte (synagogues, églises,

7- J. Baubérot, *Les sept laïcités françaises*, Éditions de la FMSH, 2015 ; C. Taylor, *l'Âge séculier*, Seuil, 2011.

temples, mosquées), d'agir et de se comporter en fonction de valeurs et croyances pas forcément partagées.

Il est très difficile d'établir une typologie des raisons de la conversion. En effet, les récits de conversion sont aussi des réécritures intimes et l'on a tendance à gommer certains choix pour en mettre d'autres en avant… C'est tout à fait normal et cela est un fonctionnement classique de l'esprit. Les enquêtes sur les conversions permettent cependant de proposer quelques pistes.

Tout d'abord, on peut caractériser une manière de se convertir en fonction d'un héritage. C'est généralement un héritage familial, la « religion des grands-parents » qu'on s'empresse de fuir en choisissant une autre religion ou qu'on rejoint justement parce qu'il n'a pas été transmis. Par exemple, la majorité des conversions au judaïsme vient d'enfants de père juif, élevés dans un judaïsme « culturel » et qui veulent être reconnus comme membres du peuple juif (c'est la mère qui dans le judaïsme transmet l'appartenance religieuse). De même dans l'islam ou le catholicisme, on trouve nombre de convertis réaffiliés, qui décident de s'engager dans une pratique religieuse complètement délaissée depuis une génération au profit d'un islam ou d'un catholicisme « culturel ».

Une autre partie des conversions d'aujourd'hui transite par l'attrait pour la mystique et ses expériences intimes. C'est notamment le cas de l'islam, que nombre d'Occidentaux rejoignent par sa branche mystique, le soufisme[8]. Cette « option mystique » est particulière, car elle éloigne le converti des formes traditionnelles de la religion instituée (en privilégiant un rapport exclusif à un maître qui enseigne, le converti entre parfois en conflit avec les clercs). Il n'en reste pas moins que cette forme particulière de rapport à la religion suscite des adhésions, essentiellement vers l'islam (soufisme) et le judaïsme (kabbale).

Une démarche individuelle

Une autre façon de se convertir se produit par « capillarité » : ce sont des conversions de proximité. On assiste ainsi à des conversions à l'islam par des individus habitant dans de grands ensembles urbains, aux contacts d'une population musulmane immigrée, et dont le choix est porté par toutes les valeurs positives que la religion suppose dans un tel contexte : proximité entre les croyants, entraide, fêtes et partage, etc.

Enfin, les conversions pour mariage semblent être devenues les plus nombreuses, sans qu'il soit pour autant possible de chiffrer le phénomène. Dans ce cadre, les motivations de la conversion sont le fruit de personnes qui décident de changer de religion pour épouser un homme ou une femme, dont les règles religieuses du mariage imposent la même religion. Ces conversions sont des « poisons » pour les clercs, qui

8- F. Piraino, *Le soufisme en Europe. Islam, ésotérisme et New Age*, Karthala-IRMC, 2023.

refusent immédiatement de convertir un individu qui présente de façon inspirée l'étendue de l'amour qu'il accorde à son conjoint plutôt qu'à Dieu… « Quand je vois un jeune couple mixte qui vient me voir et me dit que l'un d'entre eux veut se convertir pour se marier, je leur dis "Pacsez-vous, c'est beaucoup plus rapide" ! », racontait le rabbin Bismuth, à Marseille.

Quelle que soit la forme que prend la conversion, on peut repérer deux invariants. Le premier est qu'il y a toujours une rencontre *avant* la conversion et une officialisation ex-post de celle-ci. Cette rencontre est le plus souvent une personne qui vient enclencher un processus et confirmer la décision de se convertir. Mais cette rencontre peut aussi être une émotion, une sensation, un objet (comme la lecture d'un livre), un événement particulier et particulièrement intime (sur le modèle du pilier de Notre-Dame dans la conversion de Paul Claudel). Cette rencontre avec un médiateur, humain ou non humain, est l'élément déclencheur de la conversion. À la fin du processus, il y a nécessairement un moment rituel qui vient clore la conversion. Dans les monothéismes, ce sont des cérémonies publiques (il faut des témoins) où sont prononcés des engagements (des formules rituelles d'appartenance) et où répondent des signes de reconnaissance de la part de la communauté.

Le second élément qui ne change pas, c'est que le processus de conversion reste un processus individuel, qui suppose une maturation intime, une force de caractère et une capacité de confrontation personnelle à l'institution religieuse. Le médiateur accompagne le ou la candidate à la porte d'une Église, mais c'est à lui ou elle d'ouvrir la porte et de présenter sa volonté de changer.

Qu'est-ce qui change finalement ?

On a donc vu que la conversion religieuse suppose à la fois de faire état d'un changement et dans le même temps de le nier en partie, de rester soi-même face aux autres.

Changer de religion est donc un processus encadré : tout ce qui change est négocié. Dans un premier temps avec l'institution d'accueil au travers des apprentissages et de l'élaboration d'un récit. Cela implique par exemple l'apprentissage de ce que l'on peut dire et de ce que l'on ne peut pas dire : la conversion pour mariage est mal jugée, il faut donc trouver d'autres motivations pour présenter sa conversion. Les convertis peuvent aussi négocier un discours critique de l'institution. Il est tout à fait possible de se convertir au judaïsme en critiquant la politique d'Israël ou au catholicisme en tenant un discours hostile aux papes conservateurs ou à l'Abbé Pierre.

Dans un deuxième temps, le changement est négocié en fonction des réactions du public, des proches et des relations des convertis. Dans cette étape, d'autres raisons peuvent être mobilisées (par exemple, il n'est alors plus du tout offensant d'avouer qu'on s'est converti pour épouser un homme ou une femme d'une religion différente). L'épreuve de la conversion et du public consiste à pouvoir expliquer, justifier et faire comprendre, en fonction de critères acceptables, l'ampleur du changement intime et ses conséquences sur l'action personnelle du converti.

Enfin, un troisième moment implique de pouvoir montrer ce qui change suite à une conversion. Le choix de s'inscrire dans des croyances étant devenu individuel, le converti doit donc présenter ce qui change de manière « acceptable ». Pour cela, les convertis doivent se tenir à distance de deux formes dévalorisées de conversion : la conversion radicale (intransigeante, en rupture avec l'ordre mondain et potentiellement violente) et la conversion illuminée (mystique, exclusive et potentiellement sectaire).

L'ampleur des changements intimes, personnels est d'une infinie complexité, mais on voit que les convertis peuvent composer avec leurs affects, en présenter certains et en masquer d'autres, pour pouvoir, finalement, montrer que leur nouvelle religion a fait d'eux des croyants comme les autres.

Comment je suis devenu fondamentaliste puis athée

À l'été de mes 19 ans, je troque une vie d'étudiant banal et un peu paumé pour une expérience exaltante d'évangélique fondamentaliste, dans la droite ligne des créationnistes américains. Mais douze ans plus tard, alors que j'exerce la fonction de pasteur d'une petite assemblée, le château de cartes s'effondre et ma foi disparaît.

Tout commence à la fin du lycée. Mes amis s'éparpillent, j'entame des études dans une ville inconnue. Mon groupe d'appartenance, pour parler en langage sociologique, se délite. J'ai besoin de me trouver, de mettre un pied dans la vie d'adulte avec quelques certitudes de plus.

Invité par mon père, converti depuis quelques années, je trouve chez les évangéliques une promesse de changement. Je rencontre des gens de mon âge qui font tout pour m'intégrer. Enfin un nouveau groupe, un idéal de vie auquel m'adosser. Galvanisé par le nombre – les rassemblements nationaux de jeunes évangéliques dépassent le millier de participants – et la musique, j'expérimente « la présence de Dieu » dans des sortes de transes. On me raconte que Dieu guérit, fait des miracles, dirige les vies.

J'y crois. J'en ai besoin. Je consacre mon temps libre à la lecture de la Bible, à la prière et à l'église. Je m'y rends presque tous les jours. Ma mère s'inquiète : ma foi est envahissante, je prêche l'Évangile et les miracles à tout le monde. Le pasteur ordonne de renoncer au péché, à la vie « mondaine » des jeunes de notre époque. Mes amis de lycée, que je revois de temps en temps, ne me reconnaissent plus. « Tu ne sais plus t'amuser, tu ne bois plus, tu ne sors plus en boîte avec nous… Il n'y a plus que l'église qui t'intéresse ! »

Je m'éloigne définitivement d'eux. Dans le cercle fermé de mon église, tout est parfait. Le pasteur reconnaît mon zèle, me valorise.

Lorsqu'il décide d'ouvrir une annexe, il me voit pasteur à mon tour. C'est le début de la fin.

En effet, mon poste me place dans une nouvelle position: je dois expliquer, pour les autres et pour moi-même, les contradictions dans nos croyances. Dieu guérit, mais pas les maladies incurables, il fait des miracles, mais pas pour le moment. C'est ce que le psychosociologue Leon Festinger a nommé la dissonance.

Je me cherche une foi propre, moins collée à celle de mon pasteur. Erreur fatale: cela implique qu'il existe d'autres voies que celle qui m'a été enseignée. Et comme la dissonance s'accumule, j'ose le pas de trop: qu'en pensent les non-croyants? Les scientifiques? J'avais appris à ne considérer comme digne de confiance que la doctrine interne. Voilà que je remettais en cause la « vérité », l'unique. Était-elle si certaine, puisque les faits la contredisaient sans cesse?

C'est parce que ça n'existe pas

Je découvre les explications psychologiques et médicales à ce que nous appelons « miracles ». Oui, parfois survient une rémission inexpliquée. Mais si je ne vois pas de guérisons par centaines comme me l'a prêché mon pasteur, ce n'est pas parce que je suis un mauvais chrétien. C'est parce que ça n'existe pas. Personne ne fait repousser un membre amputé par la prière. En parole les évangéliques disent le changement, mais dans les faits rien ne bouge. Mon pasteur ne vit rien de ce qu'il prêche. Tout est sous mes yeux depuis douze ans et je ne m'en rends compte que bien tard.

À 31 ans, je décide de tout changer de nouveau et de pousser la porte de sortie. J'explique aux ouailles que je suis fatigué et que je dois renoncer à mon poste. Tout le monde comprend. Je retrouve la ville de mes études et les anciens étudiants qui se souviennent de moi. Je rebâtis un nouveau groupe d'appartenance, avec de meilleures armes qu'à 19 ans.

Hugo Albandea

DES SPIRITUALITÉS À LA DEMANDE

Sybille Buloup

Journaliste scientifique.

Que diriez-vous d'un week-end coupé du monde ? Trois jours de retraite chamanique dans un refuge de Haute-Savoie. Après une cérémonie d'ouverture sacrée, vous participerez à diverses activités de méditations, de bains de fleurs, de danses ou de chants, tout cela en compagnie « d'hommes et de femmes de médecine ». L'occasion de vous reconnecter avec vous-même.

Loin des taïgas de Sibérie ou des forêts de Centrafrique, des lieux de stages et d'initiations à diverses spiritualités fleurissent çà et là dans les campagnes françaises. Ces formations promettent tour à tour de se reconnecter à la nature, d'apprendre à écouter son enfant intérieur ou encore de tisser des liens avec ses ancêtres. Ce qui les relie ? Toutes promettent le bien-être par une spiritualité taillée sur mesure.

Patchwork de croyances

Le néodruidisme et le néochamanisme, en particulier, progressent en France. Ces spiritualités sont définies par les chercheurs en sciences sociales comme

« néopaïennes ». Ce terme parapluie regroupe en réalité de nombreuses croyances et coutumes différentes, ayant pour point commun leur polythéisme. Les pratiques des spiritualités néopaïennes constituent souvent une forme de patchwork, empruntant aussi bien aux religions et spiritualités qu'au développement personnel. Les mouvances néopaïennes puisent des notions au sein de différentes philosophies orientales, amérindiennes, ou encore de religions anciennes, souvent oubliées (tels que l'Ásatrú, inspirée par la mythologie scandinave ou le celtisme, de la mythologie celte).

La sociologue des religions Françoise Champion note l'essor ces dernières années de pratiques rituelles de plus en plus individualisées. Contrairement à de nombreuses croyances monothéistes, la dimension communautaire du néopaganisme n'intervient que dans un second plan, sous la forme de groupes de parole, de pratiques communes ou d'ateliers. « Il s'agit vraiment de partages d'expériences, d'émotions, explique la sociologue Nadia Garnoussi, dans la majorité des cas, il n'y a pas de forme d'appartenance stable et pérenne, l'individu entre et sort librement de ces groupes selon son bon vouloir. » L'apprenti se frotte à des coutumes et des rites issus de cultures lointaines ou anciennes, parfois moins par croyance que par souci, le temps d'une parenthèse, d'échapper à son quotidien et de se recentrer sur soi.

Pour la sociologue Véronique Altglas, ayant étudié des pratiques néopaïennes en France et en Angleterre (*Le Nouvel Hindouisme occidental*, 2005), la méditation, le yoga ou le chamanisme attirent majoritairement les classes moyennes urbaines, en quête d'approfondissement de compétences, telles que la maîtrise de soi, du stress, etc., particulièrement valorisées dans leurs professions. Afin d'acquérir ces qualités, ils se tournent vers des coutumes sélectionnées et réinterprétées pour correspondre aux modèles et aux attentes des Occidentaux.

Dans la lignée du sociologue britannique Colin Campbell, V. Altlgas estime que la société moderne occidentale entretient une relation particulière avec le mysticisme. Les pratiques et morales néopaïennes, « seraient compatibles avec des caractéristiques de la société postindustrielle », écrit-elle. Les classes sociales éduquées et urbaines posséderaient une religiosité spécifique qu'il qualifie de « mystique ». Cette spécificité sociale est confirmée par V. Altglas au sein de mouvements néohindouistes, dans lesquels elle observe une surreprésentation des classes moyennes et supérieures, plus spécialement des femmes célibataires et sans enfant. Cette catégorie de population, lettrée, serait en effet plus ouverte et disponible pour s'investir dans une voie spirituelle. La recherche de soins thérapeutiques, notamment psychologiques, est également bien présente. Certaines personnes cherchent à « réparer des blessures personnelles », explique N. Garnoussi. Cet idéal de bien-être et de santé est associé à des courants qui empruntent aux traditions orientales. Cette « psychologisation » qui fait de la spiritualité un remède aux problématiques personnelles serait, selon la chercheuse, révélatrice de « la centralité du souci de soi dans la culture individualiste ».

Changer de vie pour changer le monde ?

Le sociologue Nicolas Marquis souligne quant à lui la mobilisation, dans certaines branches du développement personnel, de notions empruntées à l'hindouisme ou au bouddhisme. Un message commun émerge : « En transformant les individus, on transforme société et monde. » La société serait porteuse de valeurs, normes et contraintes qui auraient éloigné les humains d'eux-mêmes. Une reconnexion à la nature et à soi serait nécessaire afin de retrouver un équilibre global, allant de l'individu à la planète. Certaines branches du néopaganisme participent à la construction d'un « discours critique sur une société jugée pathogène », explique N. Marquis. Le développement personnel, par le biais de spiritualités, est donc vu comme un instrument de lutte. Certains néopaïens revalorisent les discours romantiques de retour à la nature, considérant comme source de problème la culture et la production humaine. Il peut être rassurant d'interpréter son existence à la lumière de spiritualités. Cela permet de trouver un nouveau sens, voire de « réenchanter le monde ».

De ces spiritualités découlent également des discours et des revendications éminemment politiques. La sorcière est par exemple devenue une figure du féminisme. Si nombre de néopaïens évoluent dans des milieux plutôt progressistes, les travaux de l'historien Stéphane François mettent en avant l'attachement de groupes d'extrême droite à certaines formes de paganisme. L'institut Iliade, cercle de réflexion d'extrême droite, emprunte par exemple des notions au paganisme gréco-latin, bien que cette utilisation ne se caractérise pas par des rites et des pratiques particuliers. Le néopaganisme ne peut donc être considéré comme une mouvance unifiée.

Qu'elles soient issues de cultures disparues ou encore existantes, les spiritualités qualifiées de néopaïennes constituent en réalité une relecture et une réappropriation par l'Occident de coutumes et pratiques qui en sont éloignées *a priori*. Le yoga pratiqué en France ou aux États-Unis est ainsi une forme ajustée, plus en phase avec la demande spirituelle des Occidentaux. Pour V. Altglas, beaucoup de pratiquants espèrent « retrouver ailleurs ce qu'on croit avoir perdu ici dans les affres de la modernité », quitte à mésinterpréter et idéaliser des coutumes orientales ou africaines. Une fascination qui, selon la sociologue, cède vite sa place à une forme de gêne ou de réticence lorsque se dévoile une culture plus complexe.

À lire

- Véronique Altglas, « Exotisme religieux et bricolage », *Archives de sciences sociales des religions*, n° 167, 2014/3.
- Françoise Champion, « Les sociologues de la postmodernité religieuse et la nébuleuse mystique-ésotérique », *Archives de sciences sociales des religions*, n° 67, 1989/1.

AIDER L'AUTRE À CHANGER

Antonia Csillik

Psychologue.

La motivation est un facteur important de tout changement de comportement. Sans elle, impossible de tenir un régime, d'arrêter de fumer, de se mettre au sport ou de suivre sur le long terme un traitement médical. C'est pourquoi cette question fait l'objet d'une recherche dynamique en psychologie clinique et de la santé. Dans le sillon de deux chercheurs américains, William Miller et Stephen Rollnick, on parle plutôt d'ailleurs de « disposition au changement ». W. Miller et S. Rollnick ont mis en évidence trois composantes de cette disposition : l'importance – pour soi – du changement à opérer, la confiance en sa propre capacité à réaliser le changement, enfin la priorité accordée à ce changement.

Trois conditions du changement

• **Être disposé : l'importance du changement.** A-t-on vraiment envie de guérir (ou de maigrir, ou d'arrêter de fumer) ? Cette première dimension représente l'importance perçue d'un changement particulier, l'intensité avec laquelle une personne désire changer.

• **Se sentir capable :** le sentiment d'efficacité personnelle. Parfois, une personne a envie de changer mais ne s'en sent pas capable.
• **Être prêt :** une question de priorité. Une personne peut désirer le changement et se sentir capable de l'accomplir, mais ne pas être prête. Cette dimension est liée à la façon dont une personne gère ses priorités.

Ces trois dimensions sont liées de manière complexe. Par exemple, être prêt implique de vouloir changer (l'importance) et de s'en sentir capable. Cependant, une personne peut être disposée à modifier un comportement, mais ne pas s'en sentir capable. De même, une autre personne pourrait bien être capable et en avoir envie mais avoir d'autres priorités dans l'immédiat…

Une fois distinguées ces différentes facettes se pose une question : pourquoi certains parviennent-ils mieux à changer que d'autres ? Deux psychologues américains, Edward Deci et Richard Ryan, ont approfondi cette question en recourant au concept d'autodétermination. Selon eux, il existe chez l'être humain un besoin fondamental de se sentir autodéterminé, c'est-à-dire de se percevoir comme la principale cause de son comportement. C'est ce que l'on appelle la théorie de l'autodétermination (TAD), une métathéorie de la personnalité et du changement de comportement, orientée empiriquement.

Jusqu'à une période récente, on avait tendance à opposer deux formes de motivations : la motivation interne ou auto-regulée (qui vient de soi-même) et la motivation externe (provoquée par quelqu'un ou quelque chose d'externe, par exemple une obligation de soins). La TAD, en s'intéressant à l'influence que peuvent avoir l'entourage ou les groupes de référence sur la motivation, a complexifié ce schéma. Elle montre qu'il est possible d'inciter quelqu'un à pratiquer une activité qui ne l'intéresse pas, mais même, dans certaines circonstances, de lui faire s'approprier les valeurs et le comportement correspondants et internaliser ainsi la motivation. Lorsque cela se produit, la personne se perçoit alors comme la cause de son comportement et la régulation de ce dernier devient donc, ainsi, autodéterminé.

Un outil : l'entretien motivationnel

Cette approche a été créée initialement dans les années 1980 dans le champ des addictions, où les soignants sont souvent confrontés au « manque de motivation » des patients. C'est l'une des causes les plus fréquemment citées de faible adhésion aux soins ou de rechute. Comment faire alors en sorte que les personnes identifient et s'approprient des objectifs plus favorables pour elles ? L'entretien motivationnel (EM) est aujourd'hui considéré comme l'outil le plus efficace. Le soignant se place dans une position d'empathie et pose des questions ouvertes. Son intervention, directement centrée sur la personne, a pour objectif de diminuer son ambivalence face au changement et de faire ressortir sa motivation interne au changement. L'objectif est d'accompagner et d'aider la personne dans son cheminement vers le changement.

L'originalité de cette nouvelle approche réside dans le constat que la motivation au changement surgit souvent dans l'interaction, notamment avec un professionnel de santé. La motivation n'est donc plus considérée comme un état interne ou un trait personnel, dont l'existence est sous-entendue et exigée pour toute prise en charge. Il est donc possible de l'évaluer et de la stimuler. Les composantes de la disposition au changement sont explorées en utilisant des échelles visuelles-analogiques. Cette évaluation permet d'orienter les entretiens ultérieurs, soit vers le développement de l'importance, soit vers celui de la confiance, soit vers les deux. Le soutien de l'auto-efficacité est également un élément important de l'EM ; les interventions du thérapeute visant à l'accroître vont consister, par exemple, à examiner les réussites antérieures du patient, en particulier celles dont celui-ci est satisfait. Les échecs passés peuvent être recadrés en termes d'essais et d'expériences acquises. La technique du *brainstorming* peut aussi être utilisée pour trouver avec le patient de nouvelles idées sur la façon de modifier son comportement. Dans tous les cas, il s'agit de créer un contexte sécurisant,

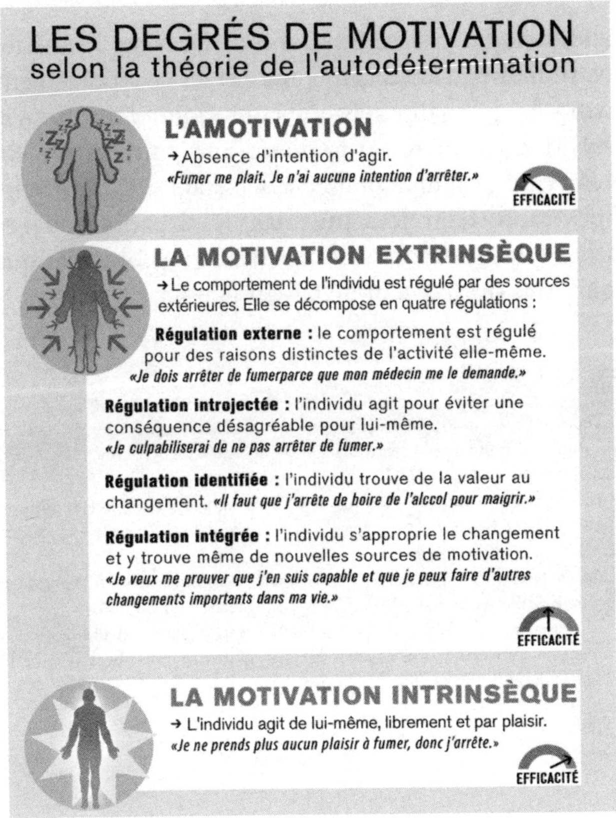

d'acceptation et de renforcement, permettant à la personne de s'engager dans l'exploration de ses ressources propres, en ressentant les décisions de changement comme venant d'elle, plutôt que de l'extérieur. Cette approche porte désormais ses fruits bien au-delà de l'addictologie, par exemple afin de favoriser l'adhésion aux traitements médicamenteux et les comportements favorables à la santé tels que la pratique d'une activité physique régulière ou la diététique, l'utilisation des préservatifs, du fil dentaire, le dépistage etc. L'entretien motivationnel est donc utile dans les situations où il est difficile de modifier un comportement problématique, voire tout simplement de faire un choix.

À lire

- « Types de motivation et engagement du processus motivationnel chez les personnes dépendantes », Antonia Csillik et Thierry Le Merdy, *Alcoologie et Addictologie*, vol. XXIX, n° 1, 2007.
- *L'entretien motivationnel*, Antonia Csillik *in* Fabien Fenouillet et Philippe Carré, *Grand manuel de psychologie de la motivation. Théories et pratiques*, 2e édition, Dunod, 2024.
- *L'Entretien motivationnel. Aider la personne à engager et réaliser le changement*, William Miller et Stephen Rollnick, 3e éd., InterÉditions, 2024.
- « Entretien motivationnel de groupe dans l'abus d'alcool : à plusieurs, c'est mieux ? », Antonia Csillik, Laurie Devulder, Patrice Louville et Yves Edel, *Revue Francophone de Clinique Comportementale et Cognitive*, 2018.

LES CLÉS DE LA TRANSFORMATION DE SOI

Edmond Marc

Psychologue.

Ce qui frappe au premier regard, c'est la multiplicité des psychothérapies. On entend très régulièrement dire qu'il en existerait plus d'une centaine[1]. Mais ce chiffre est un peu trompeur. Il s'agit de distinguer d'abord ce qui relève de techniques de développement personnel, qui peuvent s'adresser à tout le monde (comme les techniques de créativité, d'expression corporelle ou musicale, de méditation…) des psychothérapies proprement dites qui sont des méthodes de traitement de troubles psychiques (névroses, psychoses, états limites…). Elles utilisent alors comme moyen essentiel différentes formes de relation entre le thérapeute et le patient. Bien entendu, chaque psychothérapie revendique sa spécificité théorique et pratique pour se distinguer des autres. Mais, en même temps, on peut les rattacher à de grands courants ou modèles.

Schématiquement, et par souci de simplification, on peut considérer trois grands modèles dominants[2].

1- E. Marc, *Le nouveau guide des psychothérapies*, Enrick B Éditions, 2023.

2- E. Marc, « Les psychothérapies », *Sciences Humaines*, hors-série n° 19, janvier 1998.

Le modèle psychodynamique cherche dans les mécanismes intrapsychiques les sources des troubles pathologiques. Il met l'accent sur la notion de conflit interne (entre désirs et défenses, entre le conscient et l'inconscient, entre l'organisme et la conscience, etc.) ; sur l'importance des conflits issus de l'enfance (comme le complexe d'Œdipe) et donc de leur reviviscence dans la relation thérapeutique. Relèvent de ce modèle les différentes formes de psychanalyse (freudienne, jungienne, kleinienne, reichienne, lacanienne...) et les psychothérapies qui en sont dérivées (thérapies existentielles, émotionnelles, psychocorporelles, primales...).

Le modèle cognitivo-comportemental s'appuie sur la psychologie expérimentale et notamment sur les théories du conditionnement et de l'apprentissage. Elles ont pour objectif de modifier certains comportements ou modes de pensée inadaptés et sources de souffrance. Elles agissent par déconditionnement et restructuration cognitive.

Le modèle interactionnel situe les troubles psychiques au niveau de la communication et des relations interpersonnelles (analyse transactionnelle, gestalt-thérapie, approche systémique...). Il s'agit alors d'intervenir sur les capacités de contact et les modes de communication du patient ou sur le réseau dans lequel il est inséré (thérapies familiales).

Ces trois modèles sont très différents au niveau de l'explication des troubles psychiques et, par là même, dans la façon dont ils les abordent et les « soignent ». Toutefois, certaines démarches jettent des ponts entre ces modèles : c'est le cas, par exemple, de l'AT (analyse transactionnelle) qui s'appuie à la fois sur la psychanalyse et sur l'approche interactionnelle. Il existe également des techniques transversales qui peuvent être utilisées par des psychothérapies très différentes dans leur inspiration : par exemple, la relaxation, le jeu dramatique, la visualisation, les pratiques groupales… Ce qui suggère qu'il est possible, au-delà de la théorisation propre à chaque démarche, de dégager des mécanismes transversaux.

Sans nullement sous-estimer tout ce qui les sépare, on peut donc extraire de leurs similitudes et leurs différences, les processus communs par lesquels elles provoquent le changement (en se situant surtout dans le champ du traitement des névroses).

Se soigner pour guérir ?

Les objectifs des thérapies peuvent sembler simples : ne plus souffrir, aller mieux, « guérir ». Lorsqu'elle s'applique à une maladie physique, la notion de guérison revient à supprimer une maladie, à rétablir l'état de santé antérieur. Mais peut-elle se transposer autrement que métaphoriquement à la santé psychique ? D'abord, celle-ci est difficile à définir. Si santé et maladie peuvent clairement se distinguer dans le domaine physique, dans la vie psychique, la différence est moins tranchée (la référence à la normalité est problématique – nous sommes plus ou moins tous névrosés et l'équilibre est peut-être l'exception). Enfin, la guérison physique implique le retour à un état de santé antérieur à la maladie, alors que le névrosé peut avoir le sentiment de n'avoir jamais connu un tel état.

Pour toutes ces raisons, tout un courant de la psychanalyse s'est montré méfiant à l'égard de la notion de « guérison[3] », préférant travailler avec des notions plus précises et mieux cernables. D'ailleurs, les multiples démarches thérapeutiques se fixent en fait des objectifs très divers. Certaines tendent surtout vers la disparition d'un symptôme (comme les thérapies comportementales (TCC)) : par exemple, ne plus craindre de monter dans un ascenseur. D'autres visent un mieux-être non spécifique : apporter la détente, la tranquillité d'esprit, comme les méthodes de relaxation, la sophrologie, la méditation. D'autres encore cherchent à relancer un processus de développement qui a été perturbé (analyse jungienne, approche rogérienne, gestalt-thérapie). D'une manière plus générale, deux conceptions de la thérapie existent : une conception « suppressive », qui tente de supprimer le symptôme, la souffrance, le problème (par exemple : la thérapie conjugale, la thérapie familiale, la sexothérapie...) ; et une conception « instaurative », où il s'agit de favoriser le développement, l'épanouissement, la créativité. Ces dernières se fixent

3- J. Sandler et A. Dreher, *Que veulent les psychanalystes ?*, PUF, 1998.

comme but l'individuation, la plénitude du Soi (Carl G. Jung), la réalisation de soi…

Les premières démarches reprochent quelquefois aux secondes le caractère flou, indéfinissable et quasiment utopique de leurs objectifs. C'est notamment la thèse défendue par Paul Watzlawick, thérapeute systémiste, dans Changements, Paradoxes et Psychothérapie, sous le terme de « syndrome d'utopie » ; il dénonce le fait que le travail thérapeutique, en se fixant un but idéal, devient un processus sans limites qui peut finalement provoquer plus de souffrance qu'il n'en soulage : « Les limites d'une psychothérapie responsable et humaine sont bien plus étroites qu'on ne le pense généralement. Si elle ne veut pas être la cause du mal qu'elle soigne, la thérapie doit se limiter à soulager la souffrance ; elle ne peut prendre pour objet la quête du bonheur. »

Ces propos rejoignent d'ailleurs les réflexions prudentes et modestes de Sigmund Freud à la fin de sa vie, dans *Analyse terminée et Analyse interminable* : « Le but (de l'analyse) ne doit pas être d'édulcorer toutes les réactions caractéristiques au profit d'un schématique état normal ni d'exiger que le sujet "analysé à fond" ne ressente plus aucune passion et ne voit plus se développer en lui de conflits intérieurs. L'analyse doit établir, pour les fonctions du moi, des conditions psychologiques favorables. Ce but atteint, sa tâche est accomplie. » Aujourd'hui, ce sage précepte est souvent oublié par nombre de psychanalystes. Faute de se fixer un but thérapeutique, l'analyse risque de devenir une sorte d'expérience initiatique sans repères ni limites (comme pour l'analyse lacanienne). Mais en même temps, pour atteindre son but, elle ne doit pas le viser trop directement. C'est là un des paradoxes du travail thérapeutique.

Les moteurs du changement

Le grand psychanalyste anglais Donald W. Winnicott a bien résumé ce point de vue lorsqu'il écrit, dans *Jeu et Réalité*: « La personne que nous tentons d'aider s'attendra peut-être à guérir à la seule écoute de nos explications (...). Dans ce genre de travail, nous savons bien que même l'explication juste reste sans effet. La personne que nous essayons d'aider a besoin d'une nouvelle expérience dans une situation particulière. L'expérience est celle d'un état qui ne se donne pas de but. » Cet état de conscience modifié, en rupture avec les modes de fonctionnement quotidiens, est la première condition du changement.

Il est certain cependant que la stratégie thérapeutique et le processus lui-même sont très différents selon le but visé: selon que l'on s'assigne un objectif précis (parfois explicité dans un contrat, comme en analyse transactionnelle) ou selon que l'on engage le patient dans une démarche où la visée finale est, bien sûr, le mieux-être, mais où le thérapeute renonce à fixer un but prédéfini (comme dans les différentes formes d'analyse). C'est un peu ce qui fait d'ailleurs le partage entre thérapies brèves et thérapies longues.

C'est l'ensemble du cadre, de la relation thérapeutique et du processus qui favorise le changement personnel. Cependant, certains mécanismes spécifiques (transversaux à l'ensemble des démarches) sous-tendent tout processus de changement[4].

Dans la plupart des psychothérapies, il est d'abord suggéré au patient, explicitement ou implicitement, de s'exprimer librement (« dites tout ce qui vous passe par la tête », « exprimez tout ce que vous ressentez », « laissez-vous aller »...). La *libre expression* opère à plusieurs niveaux : elle apporte d'abord une forme de soutien social (le fait de pouvoir parler de ses problèmes à quelqu'un procure déjà un certain soulagement). Elle constitue aussi une forme laïque de confession : avouer et partager ce que l'on cache habituellement permet de sortir de l'isolement, de la culpabilité et de la honte (l'écoute bienveillante du thérapeute est comparable à celle du prêtre qui absout les fautes et les errements).

La libre expression favorise aussi la désinhibition et l'affirmation de soi : exprimer ce que l'on tait accroît l'espace de liberté du patient et réduit sa part de non-dit. Dire les choses permet aussi une objectivation et une prise de distance par rapport au discours intérieur,

4- E. Marc, *Comment les psychothérapies nous aident à changer*, Enrick B Éditions, 2013.

du fait même qu'on s'adresse à un interlocuteur. Enfin, les obstacles subjectifs qui freinent ou qui bloquent l'expression renseignent le thérapeute et le patient sur les interdits que celui-ci s'impose, les conflits et les défenses qui en découlent, les résistances qu'il manifeste face à la démarche thérapeutique.

L'expression libre a donc à elle seule des effets très étendus et peut constituer une part très importante du travail thérapeutique (comme, par exemple, dans la démarche proposée par le psychologue américain Carl R. Rogers). Si la libre expression opère du côté du patient, l'écoute empathique et l'acceptation (ou du moins la neutralité bienveillante) lui répondent du côté du thérapeute. Pouvoir se regarder dans le miroir indulgent qu'offre le thérapeute permet au patient de se sentir reconnu et accepté et d'accéder à une meilleure conscience de soi. Comme le souligne D.W. Winnicott : « La psychothérapie ne consiste pas à donner des interprétations astucieuses et en finesse ; à tout prendre, ce dont il s'agit, c'est de donner à long terme en retour au patient ce que le patient apporte (...). Si je fais suffisamment bien cette tâche, le patient trouvera son propre soi, sera capable d'exister et de se sentir réel[5]. »

La *remémoration* d'événements ou de scènes oubliés du passé est également centrale en thérapie, et plus particulièrement dans les démarches psychanalytiques.

5- *Jeu et réalité*, Gallimard, 1975.

Mais elle n'est pas négligée par les autres approches (même si elles se centrent sur l'ici et maintenant, comme la gestalt-thérapie). Elle vise à retrouver les situations problématiques, les scènes traumatiques ou ayant eu une portée existentielle forte. Elle traduit la levée des forces de refoulement (et par là même entraîne un certain changement). Elle permet d'établir un lien entre le passé et le présent. Mais le souvenir n'est pas suffisant. Comme S. Freud l'avait lui-même constaté très tôt : « Un souvenir dénué de charge affective est presque toujours totalement inefficace. Il faut que le processus psychique originel se répète avec autant d'intensité que possible, qu'il soit remis *in statu nascendi* puis verbalement traduit. » La psychanalyse désigne ce processus par les notions de catharsis* ou d'abréaction*. On retrouve une inspiration proche dans les TCC avec le principe de réactualisation.

Depuis longtemps, on a constaté en effet que la catharsis ou l'abréaction émotionnelle constituait un puissant ressort thérapeutique. Elle n'est pas seulement liée aux souvenirs ; elle peut aussi intervenir dans le présent, par rapport aux émotions et aux sentiments réprimés. Comme le note justement C. Rogers dans *La Relation d'aide et la Psychothérapie* : « Il est souvent possible d'observer la détente physique, la libération de la tension physique qui accompagne la catharsis. Une fois libéré des sentiments créateurs de tensions, le client est enclin à se sentir plus à l'aise et plus objectif avec lui-même et avec sa situation. » L'énergie investie dans la défense contre les émotions contenues peut être utilisée dans une direction plus active et plus positive.

Prise de conscience et modification comportementale

La *prise de conscience*, elle aussi, occupe une place importante dans la plupart des démarches thérapeutiques. Elle recouvre plusieurs significations et agit à différents niveaux. Tout d'abord au niveau de l'attention et de l'ouverture à soi (*awarness*). Elle concerne notamment la conscience du corps (comme en gestalt-thérapie, en bioénergie ou dans les techniques de relaxation) et entraîne de ce fait un élargissement du champ de conscience. Des aspects qui lui échappaient auparavant (comme la tension musculaire, la façon de respirer ou certains gestes symptomatiques…) entrent alors dans le champ de la conscience.

La prise de conscience permet aussi la mise en relation, la liaison entre des faits ou des éléments disjoints (*insight**). Tout à coup, écrit C.R. Rogers, le patient arrive « à voir ces faits dans une nouvelle relation, une nouvelle configuration, une nouvelle " *gestalt* " ». Une signification originale peut également émerger (par exemple, le passage de l'inconscient au conscient quant à la signification d'un comportement, d'une attitude, d'un sentiment ou d'un rêve…). Bien sûr, l'*interprétation* du thérapeute peut aider à cette prise de conscience.

Enfin, il y a la modification de l'expérience personnelle et de sa signification (c'est le « *recadrage* » en langage systémique). Comme le souligne Serge Ginger, thérapeute gestaltiste, « Il est clair que les interventions du thérapeute ne cherchent pas à transformer la réalité extérieure, mais bien l'expérience personnelle qu'en a le client. Le travail psychothérapique favorise donc une réélaboration du système individuel de perception et de représentation mentale[6]. » C'est une forme de restructuration cognitive qui amène à changer la signification subjective d'un fait, d'un événement, d'une relation.

Il n'y a pas de démarche thérapeutique qui ne fasse appel à l'une ou l'autre (et souvent à plusieurs) de ces formes de prise de conscience.

La *confrontation* et l'*acceptation* constituent d'autres moteurs du changement personnel. Elles amènent le patient à regarder en face et à reconnaître comme siens des sentiments, des émotions, des attitudes qu'il rejette : « Au lieu de faire des efforts désespérés pour être ce qu'il n'est pas, le client découvre qu'il a de nombreux avantages à être ce qu'il est et à développer les possibilités de croissance qui lui sont authentiquement propres », constate C. Rogers. L'acceptation du patient par le thérapeute permet et favorise un tel mouvement. Il s'agit aussi de se confronter à des situations ou à des problèmes que l'on fuit (comme accepter d'affronter l'angoisse

6- S. Ginger, *La Gestalt. L'art du contact*, Marabout, 1997.

phobique ou obsessionnelle dans les thérapies comportementales et cognitives).

Le but dernier de toute démarche thérapeutique est d'entraîner une *modification comportementale*, c'est-à-dire un changement dans les conduites quotidiennes du patient. En effet, il ne s'agit pas seulement de modifier ses représentations et ses sentiments ; il faut aussi provoquer l'extinction de ses comportements névrotiques et favoriser l'apprentissage de nouvelles conduites plus adaptées (notons à ce niveau l'importance des pratiques de groupe qui se prêtent tout spécialement à une telle démarche). Comme l'affirme Sándor Ferenczi, il convient d'engager le patient à se tourner vers le « bonheur de l'avenir au lieu de ruminer et de creuser le passé ».

Il faut enfin faire une place à la *suggestion*, phénomène qui garde une part de mystère, mais dont on peut penser qu'il opère dans toutes les démarches, même s'il est particulièrement utilisé par certaines (comme l'hypnose ou la PNL…).

Un changement profond implique probablement l'ensemble de ces mécanismes, même si chaque démarche met l'accent sur un moteur spécifique (la prise de conscience pour la psychanalyse, la catharsis pour les thérapies émotionnelles, la modification comportementale pour les thérapies comportementales, etc.). Il y a une certaine hiérarchie entre ces différents mécanismes qui s'enclenchent les uns les autres, ce qui entraîne une certaine temporalisation du processus.

Un processus en spirale

Il est difficile de décrire une sorte de parcours type qui serait celui du changement personnel, car chaque démarche a sa temporalité, ses étapes et son propre rythme. Il convient aussi de distinguer à ce niveau les psychothérapies qui suivent un déroulement relativement planifié (comme l'hypnose, la relaxation ou les thérapies comportementales et cognitives) et celles de style non directif où le thérapeute laisse l'initiative au patient (comme dans la démarche rogérienne et les différentes formes de psychanalyse).

Néanmoins, certaines étapes se retrouvent dans la plupart des parcours thérapeutiques. Encore le terme d'« étape », suggère-t-il une succession trop linéaire. Il vaut mieux parler de certains moments, présents à plusieurs reprises dans le déroulement d'une psychothérapie, selon un processus en spirale.

Le premier moment est celui de la *demande*. Celle-ci reflète la motivation du patient et a une importance décisive quant aux effets de la démarche thérapeutique, comme le montrent plusieurs recherches sur les résultats des psychothérapies. Ainsi, le psychiatre Edmond Gilliéron note que « la qualité des résultats est fortement liée à la motivation des patients au départ du traitement[7] ».

Le second moment est l'instauration d'une *alliance thérapeutique* et d'un climat de confiance. Cette étape

7- E. Gilliéron, *Les Psychothérapies brèves*, PUF, 1983.

peut être plus ou moins longue et constitue une phase importante du travail thérapeutique ; elle implique la prise en compte des réticences et des résistances du patient.

Il s'agit ensuite de favoriser l'*actualisation* des mécanismes névrotiques. En effet, on ne peut agir que sur ce qui s'exprime dans le présent. Cela implique de faciliter le *transfert* dans le cadre et la relation thérapeutiques des symptômes, des conflits, des défenses et des *résistances* du patient. Les résistances sont l'objet d'un travail spécifique, qui varie selon les démarches, mais qui est souvent une phase importante. Dans ce sens, beaucoup de démarches mettent l'accent, avec des notions différentes, sur le rôle fondamental du « lâcher prise » dans le processus de changement. Il intervient lorsque le patient renonce à ses tentatives de contrôler le processus par ses mécanismes de défense habituels.

Lorsque ces barrières lâchent, le patient peut accéder à une expression plus profonde, à l'abréaction des émotions et des sentiments réprimés, et à la remémoration des événements significatifs de son histoire. Il s'ensuit souvent une phase d'*insight* et d'intégration : le patient prend conscience de la signification de certains aspects de ses symptômes et de ses conflits, ce qui lui donne une impression de compréhension élargie et lui permet de réintégrer les aspects déniés ou rejetés de sa personnalité (par exemple, tel patient prenant conscience que sa « gentillesse » n'était qu'une défense contre son agressivité inhibée à l'égard de son père, peut se réapproprier cette agressivité lorsqu'elle est nécessaire dans la vie quotidienne). Ce mouvement favorise une restructuration de l'expérience affective, des représentations et des comportements du sujet ; restructuration qui entraîne normalement un changement au niveau des conduites et des relations quotidiennes.

Bien sûr, cet enchaînement est fortement schématisé par rapport à l'évolution réelle, souvent plus chaotique. Il figure à la fois une sorte de mouvement général du parcours thérapeutique et un cycle qui se répète tout au long du processus.

J'ai essayé de montrer, en dépassant les spécificités et les clivages, comment les psychothérapies peuvent permettre et impulser un changement personnel. Bien sûr, la nature de ce changement, de même que les stratégies thérapeutiques et les techniques utilisées, varient, il est important de le rappeler, d'une démarche à l'autre. Elles varient aussi selon le cadre mis en place (libéral ou institutionnel, individuel ou groupal), selon le type de pathologie du patient, ses attentes et sa demande, et selon la personnalité du thérapeute et son expérience...

La place manque pour évoquer ici les effets qu'elles entraînent et leur évaluation. Indiquons simplement qu'ils apparaissent supérieurs, dans l'ensemble, à ce que provoquerait une évolution spontanée. Cela tient, en partie, à ce que la psychothérapie n'est pas seulement un instrument pour provoquer un changement ; mais qu'elle est en elle-même une expérience de changement en instaurant un changement d'expérience au sein même de la situation thérapeutique.

On constate donc que chaque démarche thérapeutique privilégie une dimension de l'humain et un moteur de changement qui lui est lié ; les processus inconscients pour les psychanalyses et l'interprétation ; les comportements pour les TCC et le reconditionnement et la restructuration cognitive ; l'expérience vécue pour les thérapies humanistes et l'*insight* ; la communication et l'interaction pour l'AT ou la systémique et le recadrage ; le corps et l'émotion pour les thérapies psychocorporelles et l'abréaction ; etc.

Mais si les thérapies sont diverses, le patient est un ; il est à la fois conscient et inconscient, corps et psyché, verbe et action, individu et être social.

Pour le praticien, savoir jouer d'un instrument est nécessaire ; en maîtriser plusieurs est préférable. Cela permet d'adapter la méthode utilisée au patient plutôt que le patient à la méthode. Car aucune démarche ne peut à elle seule convenir à tous les patients, à toutes les formes de troubles et à tous les praticiens. Ce qui explique qu'une orientation intégrative tende à se développer aujourd'hui.

Abréaction

Terme introduit par Freud et Breuer en 1893 pour désigner la décharge émotionnelle qui, à l'évocation d'un souvenir traumatique, permet d'en annuler les effets pathogènes. L'abréaction, pour être libératrice, doit faire revivre l'événement à l'origine de la souffrance et s'accompagner de manifestations affectives intenses (pleurs, cris, colère…).

Catharsis

Ce mot grec est utilisé par Freud et Breuer en même temps que celui d'abréaction, dans le chapitre inaugural des *Études sur l'hystérie*. Ils ont ainsi repris un terme grec, utilisé par Aristote, pour désigner le processus d'élimination des passions chez les spectateurs des tragédies antiques. La catharsis est à l'origine de la psychanalyse : en passant par la libre association, c'est-à-dire par la parole et le langage, le patient revit l'événement traumatique et s'en libère.

Insight

Équivalent anglais du terme allemand original (*einsicht* : compréhension), ce terme a été introduit par les chercheurs de la gestalt-theorie. Il désigne la découverte soudaine et intuitive de la solution d'un problème, ou de la nature d'une situation. Celle-ci apparaît brusquement comme constituant un tout, une Gestalt. Carl Rogers a repris cette notion pour en faire un facteur central du processus thérapeutique.

MAINTENANT OU JAMAIS ! PEUT-ON CHANGER DE VIE À TOUT ÂGE ?

Jean-François Dortier

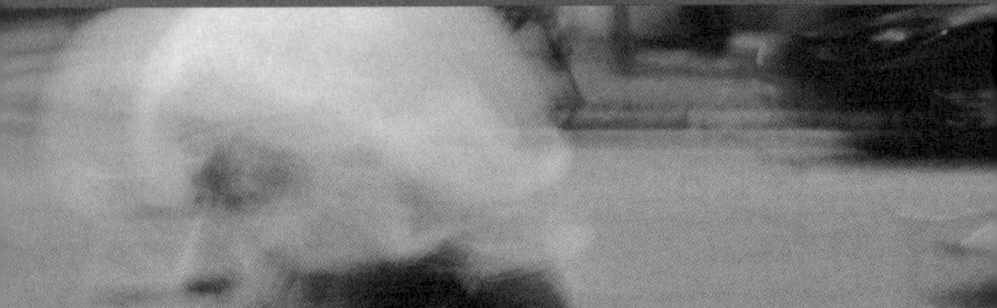

5 octobre 2013 : ce jour-là, c'était mon anniversaire. J'en ai donc profité pour aller fureter en librairie à la recherche d'un petit cadeau à me faire (on n'est jamais si bien servi que par soi-même…). En bonne place sur un présentoir, mon regard a été attiré par le dernier essai de François de Closets, *Maintenant ou jamais.* Allez savoir pourquoi, je l'ai pris pour un message personnel ! En fait, le livre portait sur les « choix décisifs » auxquels le pays est confronté. « La France, nous disait F. de Closets, est en train de décrocher du rang des pays développés : son taux d'endettement (200 milliards d'euros par an) la met devant une alternative : soit le choc salutaire de profondes réformes, soit un déclin irrémédiable. La France a des atouts mais plus de temps à perdre : c'est maintenant… ou jamais ! »

Quelques rayonnages plus loin, au rayon psychologie, mon regard a croisé une autre couverture : *Maintenant ou jamais !* (2011) du psychiatre Christophe Fauré. Mon cœur a fait un bond. Cette fois, le message était clair. Que le même titre me tombe sous les yeux deux fois de suite, presque au même moment, le jour de mon anniversaire, c'est sûr, on s'adressait à moi de là-haut. Même les gens rationnels cèdent vite à la pensée magique en certaines circonstances : la romancière Joan Didion a rapporté un témoignage touchant sur le sujet l'année durant laquelle elle a perdu son mari (*L'Année de la pensée magique*, 2007).

La transition du milieu de vie

Le livre de C. Fauré porte en fait sur la « transition du milieu de vie ». Beaucoup de quadragénaires et quinquagénaires ressentent que le temps leur est désormais compté : arrivés à un carrefour de leur existence, ils éprouvent une crise existentielle. Le livre de C. Fauré débute par le cas d'Isabelle, une patiente qui vient le voir les larmes aux yeux. Isabelle a un poste intéressant dans un grand groupe de presse. Elle est mariée à un homme qu'elle aime, leur couple est heureux et ils ont trois enfants désormais adolescents dont elle est fière. Pourtant, Isabelle ne comprend pas ce qui lui arrive : « Depuis deux ans, je me bats tous les jours contre un terrible sentiment de vide intérieur. J'ai l'impression d'être dans une lente chute libre, comme si ma vie perdait son sens jour après jour. »

Ce mal dont souffre Isabelle est ce que l'on appelle la « crise du milieu de vie ». L'expression a été employée pour la première fois en 1965 par le psychanalyste canadien Elliott Jaques, avant de faire rapidement fortune. Elle désigne selon lui une crise psychologique qui survient vers 40 ans, « quand on a pris conscience de sa mortalité ». Elle va faire par la suite l'objet d'interprétations très différentes : certains l'identifient au « démon de midi » des hommes mariés, qui détournent le regard vers des femmes plus jeunes et aspirent eux-mêmes à une nouvelle jeunesse ; d'autres l'associent à la dépression des femmes à l'heure de la ménopause. Plus récemment, on a admis l'existence d'une « andropause », survenant vers l'âge de 50 ans. C. Fauré conteste ces interprétations liées à un strict effet de l'âge. Une grande enquête parue aux États-Unis en 1999 a d'ailleurs sonné le glas de cette notion en montrant que seulement 8 % de la population des 40-55 ans connaît la crise de milieu de vie. En revanche, tous les adultes peuvent traverser une crise dès la trentaine. Pour C. Fauré, s'il existe bien une crise adulte, celle-ci n'est pas liée à l'âge mais à ce que Carl Jung appelait le processus « d'individuation ».

Le psychiatre suisse désignait par « individuation » une phase singulière de la vie adulte. Après avoir consacré une partie de sa vie à trouver sa place dans la société sur le plan professionnel ou familial, la personne s'aperçoit qu'elle a dû renoncer en même temps à une partie de ses rêves de jeunesse. Une partie de soi est restée tapie dans « l'ombre ». Vient alors le moment où ces rêves refoulés viennent de nouveau hanter l'esprit. Cette crise de milieu de vie survient souvent vers la quarantaine, parfois avant, parfois plus tard. Avec l'allongement de la durée de vie, le centre de gravité de l'existence s'est décalé vers l'avant. Certains commencent à se poser ces questions à la veille de la retraite. L'enquête menée par Danièle Laufer, *L'Année du phénix. La première année de la retraite* (2013), le confirme. Cette année du phénix peut être pour les uns le moment d'une véritable renaissance. Mais elle est aussi une source d'angoisse pour ceux qui n'ont pas su préparer à temps leur nouvelle vie de retraité. Car une nouvelle vie, ça se prépare.

Qu'on l'appelle « crise du milieu de vie » (E. Jacques) ou « phase d'individuation » (Jung), toujours est-il que la crise appelle un changement. Pour les uns, il s'agit de se libérer d'un modèle de vie qui leur a été imposé. C'est le cas de nombre d'anciens « enfants modèles », qui ont construit leur trajectoire de vie en se conformant à un modèle parental. Le syndrome du « premier de la classe » pèse lourd sur la destinée de beaucoup de certains jeunes gens doués: poussés par l'entourage dans des études longues – classes préparatoires, grandes écoles –, ils se sont engagés dans une belle carrière – médecin, ingénieur, avocat… – alors qu'ils rêvaient au fond d'eux-mêmes d'une autre vie. Pour eux, la crise du milieu de vie revient à s'affranchir enfin de ce surmoi. « Je voulais être pâtissier, mais j'étais bon en maths! », témoigne Julien qui a le sentiment d'avoir renoncé à une vocation première. « Maintenant je veux être moi », proclame Mireille, une professeure d'art plastique qui a attendu d'avoir 50 ans pour s'émanciper d'une vie entière soumise aux autres : ses parents, puis son mari et ses enfants. C'est à l'occasion d'un tournant de vie – une rencontre amoureuse, le départ des enfants, un licenciement professionnel, une maladie… – que s'expriment ces désirs impérieux de changer et de renouer avec son « vrai soi ».

Se libérer ou se réaliser

D'autres n'ont pas renoncé à mener leur propre vie, mais se retrouvent justement prisonniers de leurs choix. C'est le cas d'Isabelle que nous présentait C. Fauré : elle rêvait d'une belle carrière, belle famille, belle maison. Elle a tout obtenu, mais à quel prix ? Vient le moment où les rêves révèlent leur versant négatif : une vie quotidienne totalement vampirisée, dominée par les charges – enfants, travail, maison, transports, courses, crédits à payer… Pour les gens comme Isabelle, reprendre sa vie en main, c'est sortir de la nasse dans laquelle ils se sont eux-mêmes enfermés.

Est-ce encore possible ? La mère de famille au bord de la crise de nerfs, le cadre surbooké, l'enseignant désabusé, l'employé en attente de sa retraite : tous rêvent de refaire leur vie tout en sachant que le temps leur est compté. Parfois il s'agit d'un quinquagénaire apparemment accompli – belle situation, encore belle allure – qui, passant un jour devant une librairie, a l'œil attiré par une couverture de livre et se sent directement visé…

Tous se prennent à rêver d'une nouvelle vie : reprendre des études, perdre les kilos accumulés au fil des ans, courir un marathon, écrire un livre, s'installer à l'étranger. Apprendre l'anglais, se remettre à la peinture, au piano, monter sur les planches, se construire un chalet ou un bateau. Un de mes amis, avocat, rêvait de temps libre pour réaliser son grand rêve : construire dans son garage une reproduction en miniature de la gare de Saint-Étienne telle qu'elle était en 1950.

Objectifs et possibilités

Si l'on en croit certains guides de développement personnel, il suffirait de peu de chose pour changer sa vie. Toute une littérature offre des règles simples pour passer à l'acte. Elle repose en général sur quelques règles : apprendre à bien se connaître, puis changer ses habitudes et ses représentations. L'un propose de s'en remettre à des « petits riens », l'autre d'arrêter de tergiverser et de se jeter à l'eau tout simplement. Tous ces ouvrages reposent au fond sur le mythe du génie dans la bouteille : nous avons tous en nous un formidable potentiel, il suffit de faire sauter un blocage (le bouchon) pour que ce génie qui est en nous puisse enfin se révéler.

En fait, s'il est si difficile de passer des principes aux actes, c'est pour quelques raisons plus fondamentales : il y a de vrais avantages cachés à ne pas changer, le changement a un coût très lourd ; il ne repose pas sur un simple acte de volonté.

Changer de vie est souvent ressenti comme une obligation impérieuse que l'on remet au lendemain faute de temps, de détermination et surtout de méthode. C. Fauré préconise d'utiliser toute une batterie de méthodes qui relèvent du « *life coaching* » afin de préparer ce moment. Ces techniques ne se réduisent pas à quelques recettes simples volontaristes. Il y a une armada de stratégies assez longues à mettre en place : car il s'agit de définir ses objectifs et ses possibilités réelles, de transformer son environnement, de repousser progressivement les obligations, routines, contraintes et addictions qui pèsent sur nos choix. Il s'agit de préparer sa nouvelle vie comme on l'a fait pour la première : en y intégrant progressivement de nouvelles activités, des gratifications, de nouvelles contraintes et routines. Ces contraintes et stimulants, librement consentis, sont susceptibles de nous mettre sur une nouvelle trajectoire de vie, comme ce fut le cas dans la première partie de son existence. Cette transition exige de la patience et de la méthode, passe par des réussites et des échecs partiels, des moments d'enthousiasme et de doute. Tout le contraire des choix décisifs et du grand « saut » aussi risqué qu'illusoire.

Maintenant ou jamais ? Non, le changement de vie, c'est aujourd'hui et demain… Et encore et encore. Jusqu'à la fin !

Les dix commandements du changement

Pour reprendre sa vie en main, la volonté seule ne suffit pas : il faut mettre en place tout un arsenal de contraintes et motivations, indispensable pour maintenir le cap.

• La volonté : nécessaire mais insuffisante

Les marathoniens disent que la motivation fait courir les trente premiers kilomètres, la volonté les dix derniers. Les thérapeutes, les éducateurs, les parents le savent : impossible de transformer quelqu'un de passif ou de résigné. La nature de la volonté reste une énigme pour les philosophes et les psychologues. Mais on admet que, plus que la motivation, elle intègre aussi effort, implication et *self-control*. Elle ne fait pas tout, mais rien ne peut se faire sans elle.

• Les pensées : le rôle des représentations

Se changer, c'est d'abord changer ses représentations. Telle était la démarche préconisée par les sages de l'Antiquité et reprise aujourd'hui par les thérapies du changement. Il s'agit de transformer ces messages inadaptés de notre petite voix intérieure qui tantôt nous encourage (« soit fort », « tout est possible »), tantôt exprime nos peurs et nos doutes (« je n'y arriverai jamais ») par des messages plus judicieux.

• L'action : agir plutôt que tergiverser

« Au début était l'action », estime le psychologue Richard Wiseman. Pour lui, on accorde trop d'importance au mental (la volonté, les pensées, les tergiversations intérieures) et pas assez aux actions concrètes. Il préconise plutôt de mettre l'action au premier plan. Jetez-vous à l'eau, proclame-t-il dans son livre dont le sous-titre est *Arrêtez de penser à changer votre vie, faites-le* (2013). Le premier pas réalisé amène avec lui de nouvelles pensées, non l'inverse.

• Les autres : le poids du groupe

Les Alcooliques anonymes ont inventé une méthode de changement personnel qui repose sur le soutien du groupe de pairs. Le principe de base est de s'appuyer sur le groupe : les encouragements, la force des exemples, le partage d'expériences, le regard des autres et l'émulation. Cette action motivante du groupe se retrouve aussi dans les clubs sportifs, l'armée et bien d'autres actions collectives.

• Les contraintes : les ruses d'Ulysse

S'il n'y avait pas de *deadline* et de volume imposé, les articles de ce journal ne verraient jamais le jour. Pour contrecarrer les tendances au perfectionnisme (« sois parfait ») ou à la procrastination (demain, toujours demain…), les contraintes imposées sont l'un des meilleurs stimulants du changement. Arrimer ses propres aspirations à des obligations extérieures pour que les contraintes prennent le relais d'une volonté défaillante. Telle fut la ruse d'Ulysse se faisant attacher à un mât pour résister au chant des sirènes.

• Le cadre de vie : des rites et des rythmes

Vous voulez changer ? Déplacez vos meubles, réorganisez votre emploi du temps et éloignez vos amis ! Pour s'entraîner à la course ou écrire un livre, les sportifs ou les écrivains le savent, il faut un lieu propice et des plages horaires définies (et des rituels). C'est le paradoxe, mais le changement appelle l'ordre : inscrire ses projets dans des rites, des rythmes, des routines sanctuarisés, situés à l'écart du monde ordinaire.

• Les efforts : « *No pain, no gain* »

« *No pain, no gain* » (« pas d'effort, pas de résultat »). Le changement ne peut reposer sur le seul courage, la détermination et la capacité « à se faire du mal ». Certes. Mais il n'est pas non plus possible d'atteindre des buts élevés sans une certaine ascèse, impliquant privations, efforts et douleurs : il faut s'y préparer. Les marathoniens le savent bien : la douleur comme la fatigue peuvent se réguler et se dompter. « La douleur est incontournable, la souffrance est optionnelle », dit un précepte bouddhiste.

• Les récompenses : après l'effort, le réconfort

Le changement exige des efforts qu'il faut récompenser. Après l'effort, le réconfort : un changement durable ne peut s'ancrer sur des frustrations et des privations. L'erreur des novices est l'excès de zèle et l'ascétisme : difficile à tenir au long terme. S'accorder des pauses et des récompenses est un puissant stimulant. Les gratifications surviennent d'elles-mêmes, comme le fait de ressentir un sentiment de fierté après avoir réussi à franchir une petite étape dans son parcours.

• L'apprentissage : le changement, ça s'apprend

Le changement personnel passe par un ensemble de compétences et techniques qui peuvent s'acquérir. Cette connaissance pratique repose sur la connaissance de soi (« connais-toi toi-même ») et l'acquisition des techniques de changement ? N'étant enseigné ni à l'école ni dans aucun établissement spécialisé, le marché du changement est laissé au libre marché du « développement personnel » ou livré au tâtonnement expérimental de chacun.

• Le temps : donner du temps au temps

En matière de régime, on sait que la brutalité produit des réactions inverses à celles escomptées, et produit des retours de bâton tout aussi brutaux. L'erreur est de vouloir changer tout et tout de suite. La précipitation est l'ennemi du vrai changement. La sagesse des petits pas nous dit que l'on peut déplacer des montagnes à condition de le faire pierre par pierre. La voie du changement est également semée d'embûches, de faux pas, d'échecs partiels et de découragements. C'est un combat toujours recommencé. La voie du changement n'est ni une marche en avant triomphale ni, comme l'effort de Sisyphe, un éternel retour à la case départ. Cela ressemble plus à un jeu de l'oie, où l'on effectue des bonds en avant et des reculs partiels…

J.-F. D.

LES FORCES D'INERTIE AU CHANGEMENT

Jean-François Dortier

HOW
ARE
YOU,
REALLY?
OVERALL
MURALS

Comme tout le monde, j'entends les cris d'alerte sur l'état de la planète. Comme tout le monde, je m'inquiète devant les dérèglements du climat. Comme beaucoup, je pense que nos modes de vie et de consommation sont devenus insoutenables pour la planète comme pour notre bien-être. Comme beaucoup, je pense qu'il est temps de changer pour le salut de l'humanité et pour notre confort personnel. Comme beaucoup, je fais donc des efforts pour consommer moins et mieux. Ce matin, je vais quand même prendre ma voiture pour aller au travail, alors que le bureau est à un quart d'heure à pied. Au retour, je vais passer au supermarché et je ramènerai dans mon caddie quelques plats cuisinés, des pots de yaourts, un pack de bière, un gel douche et sans doute une ou deux saloperies inutiles dont les seuls emballages vont atterrir dans une poubelle déjà débordante.

Mais pourquoi donc est-il si difficile de mettre en accord nos principes et nos actes, nos bonnes résolutions du matin et les comportements de la journée?

Parmi les forces de résistance au changement, quatre jouent un rôle majeur.

Les quatre freins au changement

• **La première relève d'abord de l'économie du désir.** Changer de mode de consommation ne relève pas que de la bonne volonté : sans quoi il n'y aurait plus de fumeurs depuis longtemps, ni de personnes obèses ou accros aux écrans. Les fumeurs savent bien que la cigarette nuit à leur santé, à leur budget et à leur haleine. Pourquoi leur est-il si difficile d'arrêter de fumer ? Parce que le désir immédiat est plus fort que les intérêts à long terme. La conscience du danger n'est pas suffisante pour mettre fin à une addiction. Le même raisonnement vaut pour les gens obèses : ils savent tous que le sucre et le gras ne sont pas bons pour leur cœur, leurs artères et leur look. Si maigrir n'était qu'une question de prise de conscience et de volonté, il suffirait de quelques petits efforts pour se remettre sur le droit chemin. On peut transposer aux super-consommateurs ou aux *addicts* aux écrans que nous sommes devenus la même logique : il y a loin de la conscience au changement de conduite. Car le plaisir immédiat est plus fort que ses intérêts à long terme.

• **Une deuxième force d'inertie relève du coût humain du changement.** Pourquoi ai-je pris ma voiture pour aller au travail alors qu'une petite marche d'un quart d'heure aurait fait du bien, autant à ma santé qu'à la planète ? Parce qu'au moment de partir, j'étais déjà « à la bourre ». J'ai donc remis le trajet à pied au lendemain. Des résolutions non tenues ne sont pas toujours le fait d'un manque de volonté, mais s'expliquent aussi par un « coût caché » du changement qu'on ne mesure pas au départ. Oui, il est plus sain et sage de faire la cuisine avec des bons légumes de la région plutôt que d'acheter des plats cuisinés dont les ingrédients viennent de l'autre bout du monde. Mais faire son marché, éplucher les légumes, cuisiner, tout cela prend du temps. Tout comme marcher plutôt que de prendre sa voiture. Or le temps quotidien nous est compté. Et mener de front une activité professionnelle, le travail domestique et les projets personnels, n'est pas forcément compatible avec les comportements écologiquement responsables. L'automobile et les plats cuisinés sont faits pour nous faciliter la tâche et gagner du temps, sans quoi on les aurait abandonnés depuis longtemps.

• **Troisième force d'inertie : celle des organisations**. Imaginez un chef d'entreprise, disons d'une usine de fabrication de flacons de gel douche, qui rassemblerait ses équipes pour leur annoncer ceci : « Chers amis et collaborateurs. Vous le savez, la planète est en danger. Il n'est pas raisonnable, ni écologique, de continuer à fabriquer des gels douches : coûteux, polluants et souvent inutiles, alors que les savonnettes d'antan sont plus durables, plus écologiques, et coûtent moins cher. Certes, notre chiffre d'affaires va s'effondrer, les emplois et les salaires aussi. Mais qu'importe, c'est le prix à payer pour le bien commun ! »

Ce scénario de « *slow management* » est évidemment inimaginable. Quand bien même un chef d'entreprise et ses salariés sont tous conscients des dangers que leur industrie fait peser sur la planète, il est illusoire de penser qu'ils limiteront leur production, et ce qui fait vivre leur famille, pour le « bien commun ». Ce qui vaut pour l'industrie du gel douche vaut aussi pour l'industrie automobile, celle des appareils ménagers ou des téléphones portables. Il est d'ailleurs un domaine où les produits ont déjà une durée de vie bien plus longue que le cycle de consommation : celui de l'industrie de l'habillement. Cela n'empêche pas les producteurs d'inonder les rayons des magasins de nouvelles collections, et les consommateurs de vider leur placard de vêtements encore portables pour les remplacer par de nouveaux !

• **Une quatrième force d'inertie empêche enfin les changements radicaux : la démocratie.** Il serait toujours possible d'imposer des changements par le haut : par la loi et la contrainte en ignorant les contre-pouvoirs, les critiques, l'opinion publique, les intérêts particuliers, pour ne tenir compte que de l'intérêt général. Mais cela s'appellerait une dictature éclairée. Pas sûr que nous le voulions vraiment ! Au final, bien des forces d'inertie empêchent un changement de mœurs. Cela ne signifie pas qu'aucun changement n'est possible. L'histoire est même une transformation permanente. Mais il est vain de croire que ce changement répond à la belle logique de la « prise de conscience », qui serait celle d'un *Homo sapiens* rationnel et capable de mettre en concordance sa conscience et ses conduites.

L'AVENTURE PROMÉTHÉENNE DU DÉVELOPPEMENT PERSONNEL

Michel Lacroix

Philosophe.

Un changement s'est produit dans la sensibilité collective au cours des dix dernières années. Le souci de soi qui caractérise notre société a reçu une impulsion nouvelle sous l'influence de ce que l'on appelle le « développement personnel ». De la pensée positive* à la programmation neurolinguistique* (PNL), de l'analyse transactionnelle* au coaching*, de l'ennéagramme au *process-communication*, on a assisté à l'essor d'un vaste « psycho-marché », avec une multitude de techniques aux noms souvent hermétiques qui, tournant le dos au projet hédoniste et permissif hérité de mai 68, ont engagé les individus dans la voie du « travail sur soi-même ». Ce faisant, le souci de soi a pris une orientation originale que nous analyserons en abordant deux questions : quels sont les objectifs et les méthodes du développement personnel ? Quelles sont les raisons de son succès ?

Au-delà de la psychothérapie

Historiquement, le développement personnel se rattache au Mouvement du potentiel humain, qui vit le jour dans les années 1960 à Esalen, en Californie. Ce mouvement fut animé par les chefs de file de la psychologie dite humaniste*, qui cherchaient une troisième voie entre le béhaviorisme et la psychanalyse. L'un des plus connus fut Abraham Maslow (1908-1970), à qui l'on doit une classification des besoins humains qui constitue la base théorique du développement personnel.

A. Maslow traduit la hiérarchie des besoins humains à l'aide d'un schéma en forme de pyramide. Dans sa version simplifiée, celle-ci comporte deux étages. L'homme, expliquait A. Maslow, éprouve tout d'abord des besoins psychologiques de base : il a soif de tendresse et d'amour ; il lui faut être reconnu, estimé, écouté ; il a besoin de se sentir membre d'un groupe familial, social, professionnel. De ces besoins de base, ajoutait-il, dépend l'équilibre psychique du sujet. S'ils ne sont pas satisfaits, ce dernier souffrira de frustration, de carence. Et de même qu'un déficit en vitamines entraîne des maladies organiques, la non-satisfaction des besoins de base provoquera une névrose : « La névrose, écrivait l'auteur dans une formule lapidaire, peut être considérée comme une maladie déficitaire[1]. »

Tout autre sont les besoins psychologiques supérieurs. A. Maslow les cernait par des mots qui, derrière leur apparente banalité, sont chargés d'un sens profond : « Épanouissement », « accomplissement », « réalisation de soi », « développement de son potentiel », « vie riche,

1- A. Maslow, *Vers une psychologie de l'Être*, Fayard, 1983.

créative et intense », « existence pleinement humaine ». À l'évidence, ces mots nous entraînent sur un autre registre que les besoins de base. Ils évoquent non pas le bien-être, ni même le mieux-être, mais le plus-être. Cette distinction entre deux catégories de besoins psychologiques fonde la radicale différence d'objectif qui oppose la psychothérapie d'une part, au développement personnel d'autre part. On entreprend en effet une psychothérapie dans le but de remédier aux troubles psychiques causés par la non-gratification des besoins de base. Le développement personnel prend en charge, quant à lui, les besoins supérieurs.

Un psychologue clinicien raisonne en termes de réparation, de guérison, de retour à l'équilibre, d'adaptation, tandis qu'un formateur en développement personnel parlera d'expansion, de croissance, de « culture de l'âme ». D'un côté, on se préoccupe de la santé pure et simple, de l'autre, on est attiré par la « grande santé », pour reprendre une formule de Friedrich Nietzsche. Au demeurant, la figure du surhomme cher au philosophe de Sils-Maria (Suisse) apparaît souvent en filigrane dans le discours du développement personnel. Bref, ce dernier s'adresse à des gens équilibrés, sains, mais qui, ne se contentant pas de l'équilibre, veulent mener une vie intense.

Les formateurs précisent le contenu de cette vie intense en recourant à un concept qui constitue le cœur même de leur doctrine : le « potentiel ».

Le développement personnel se définit comme « l'actualisation du potentiel humain ». Ce potentiel est principalement de nature psychique. Il concerne les fonctions cérébrales. « Vous n'utilisez que 10 % de votre cerveau », assurent les formateurs et les théoriciens du mouvement, pour qui les ressources de l'encéphale humain, à la fois immenses et à peine connues, attendent leurs hardis explorateurs. Emboîtant le pas à la neurobiologie et aux sciences cognitives, le développement personnel annonce que l'exploitation de ces ressources constituera la grande aventure du 21e siècle. « Le cerveau est votre nouvelle frontière, déclarent les formateurs à leurs clients… Votre mémoire est illimitée… Votre cerveau droit vous permet d'être puissamment créatif, pourvu que vous le libériez du cerveau gauche… Votre inconscient est une source de richesse et non une entrave… Vous possédez un potentiel d'autoguérison grâce à vos capacités psycho-immunologiques[2] »…

Gestion du stress, maîtrise de la vie émotionnelle, communication, aptitude à l'écoute, charisme, leadership, organisation du temps, réussite - il n'est pas de domaines où les formateurs ne fassent miroiter à leurs clients de spectaculaires progrès. Le développement personnel propose aux individus de passer d'une vie médiocre à une vie intense, en portant leur cerveau à 100 % de son régime. Il attire donc tous ceux qui,

2- Voir les techniques de visualisation mises au point par le cancérologue américain Carl Simonton.

au-delà de la psychothérapie et de la simple réparation psychologique, rêvent d'une expansion, d'un dépassement de soi, d'un accroissement de pouvoir.

Vers le développement « transpersonnel »

Il y a plus. Bien des formateurs flirtent avec le paranormal et les doctrines ésotériques. Ils invoquent l'existence d'un potentiel parapsychologique : la médiumnité, le channeling, la télépathie, la perception extra-sensorielle, la lévitation seraient des pouvoirs inscrits dans la nature de tous les êtres humains. Caractéristique à cet égard est la thèse avancée par Michael Murphy, l'un des fondateurs du Mouvement du potentiel humain. L'auteur déclare dans un livre récent que le moment est venu d'actualiser ce potentiel parapsychologique[3]. L'humanité, poursuit-il, se trouve au seuil d'une nouvelle étape de son évolution. Nous entrons dans un « nouvel âge », un « âge de la conscience », qui sera caractérisé par le développement de nos facultés supranormales. De même que, à l'aube de la préhistoire, l'acquisition de la marche bipède par les premiers hominidés avait déclenché le développement des fonctions sensorimotrices et cognitives, de même le 3e millénaire verra l'essor de la « supraconscience ». Cet idéal faustien, ce prométhéisme

3- M. Murphy, *The Future of the Body: Explorations into the further evolutions of human nature*, Putman Publishing Group, 1993.

psychique explique les incursions répétées du développement personnel dans le domaine de l'irrationnel et des sciences occultes.

Enfin, le développement personnel parvient à son apogée avec le thème de l'éveil de la spiritualité. L'un de ses postulats est que l'expérience mystique est la « chose du monde la mieux partagée ». À l'en croire, tous les êtres humains peuvent vivre des états modifiés de conscience et dissoudre leur ego dans le Tout. L'extase n'est pas réservée à quelques mystiques touchés par la grâce… La transe n'est pas l'affaire des seuls chamans… Le sentiment océanique est à la portée de chacun d'entre nous… De sorte que, conduit à son terme, le travail sur soi débouche sur la mystique. Tout processus de développement personnel est ainsi appelé à devenir, tôt ou tard, un « développement transpersonnel ».

Pour atteindre son objectif de dynamisation du potentiel humain, le développement personnel met à la disposition de ses clients un arsenal de techniques. Il a entraîné l'apparition d'un immense psychomarché, qui donne à l'observateur une troublante impression de technicisation de l'esprit ou, pour reprendre une formule de Martin Heidegger, « d'arraisonnement » de la vie psychique. Nous ne pouvons, dans le cadre de cet article, analyser ces méthodes de façon approfondie[4]. Contentons-nous de dégager, derrière leur apparente diversité, le trait commun qui les unit.

4- M. Lacroix, Le Développement personnel, Flammarion, « Dominos », 2000.

Pensée positive et reprogrammation mentale

Elles ont pour ambition de déprogrammer les pensées paralysantes que le sujet entretient dans son subconscient et qui, érodant la confiance en soi et l'estime de soi, le condamnent à la médiocrité. Exemples : « Je suis trop timide pour faire ceci ou cela », « j'ai une mauvaise mémoire », « je ne plais pas aux autres ». S'il veut libérer son potentiel, le sujet doit d'abord prendre conscience de ces pensées limitantes, puis les remplacer par des croyances dynamisantes. De sorte que, à l'instar de la psychiatrie cognitive à laquelle il s'apparente parfois, le développement personnel est un processus qui s'accomplit en deux temps : déprogrammation puis reprogrammation mentales.

Cette reprogrammation positive du cerveau s'accompagne de toute une réflexion sur les « hommes remarquables ». Il y a en effet, indiquent les formateurs, des êtres qui ont déjà atteint le stade de la pleine réalisation d'eux-mêmes. Ces hommes remarquables, que A. Maslow appelait les « auto-actualisants », sont en quelque sorte les phares de l'humanité. Les formateurs et les théoriciens du mouvement ne ménagent pas leur admiration pour ces individus supérieurs, hommes d'affaires, vendeurs de génie, professionnels de la relation d'aide, communicateurs, inventeurs, artistes, maîtres de la vie intérieure, dont le seul mérite, nous assure-t-on, est d'utiliser leur cerveau de façon optimale.

Or il est possible, ajoutent les formateurs, de modéliser leur fonctionnement mental et d'enseigner ces modèles d'excellence aux gens ordinaires, qui pourront de ce fait s'élever à leur tour à la vie supérieure. On propose aux néophytes d'imiter les personnes remarquables en assimilant ces modèles. Ils apprendront ainsi à « piloter leur cerveau », selon l'expression significative de Richard Bandler, un des fondateurs de la PNL, technique qui repose précisément sur la modélisation de l'excellence humaine[5]. Par cet encouragement à l'imitation des meilleurs, le développement personnel dessine une philosophie qui allie de façon originale l'élitisme et la démocratie, l'instinct aristocratique et l'aspiration égalitaire.

Krishnamurti et Bill Gates

D'où l'attrait que le développement personnel exerce sur nos contemporains. Le potentiel psychique est censé être accessible à tous. Chacun peut accéder à la supraconscience. Certes, ce potentiel reste inexploité chez la plupart des individus. « Vous vivez, déclarent les formateurs à leurs clients, à un régime minimum… Vous menez une vie médiocre alors que vous pourriez mener une vie intense… Vous n'utilisez que 10 % de votre cerveau… Mais justement vous disposez, pour

---

5- R. Bandler, *Un cerveau pour changer. La Programmation neurolinguistique*, InterÉditions, 1998, Dunod, 2000. Il est intéressant, par ailleurs, de voir la place de la modélisation de l'excellence dans les travaux pédagogiques d'un chercheur comme Antoine de la Garanderie.

actualiser votre potentiel, d'une gamme étendue de techniques. » Cette philosophie, qui combine l'universalité et la technicisation, répond tout à fait à l'esprit de notre époque.

Autre raison de son succès : la dualité d'objectifs qui est au cœur du développement personnel. Les différents domaines du potentiel humain s'ordonnent en effet autour de deux axes distincts. D'une part, on vise le renforcement du Moi : améliorer ses performances, devenir un leader, mieux communiquer, gérer ses émotions, réaliser ses projets – tout cela relève de l'affirmation de soi. Cette frange des activités de développement personnel se déploie donc dans le cadre de l'ego. Mais d'autre part, le développement personnel vise le dépassement du Moi dans l'expérience spirituelle. Grâce à la transe, à l'extase, à l'élargissement de la conscience, les sujets espèrent goûter à la fusion cosmique, devenir des « hommes sans frontières », dissoudre leur individualité dans le transpersonnel. De telles démarches se situent, clairement, au-delà de l'ego.

Cette dualité de l'affirmation de soi et de la dissolution de soi constitue en quelque sorte la carte d'identité du développement personnel. Le mouvement est fidèle à l'esprit individualiste, celui du « *Me first* », du « souci de soi », mais, dans le même temps, il déborde l'individualisme, dans la mesure où il exalte le transpersonnel, le fusionnel, le cosmique. La culture du Moi et la culture de la totalité s'entremêlent donc étroitement, reflétant ainsi le double rêve de l'homme contemporain.

Car que désirent, au fond, les hommes d'aujourd'hui ? À l'heure de l'instabilité économique et du retour du religieux, de la mondialisation effrénée et du réveil du sacré, ils désirent à la fois être plus forts dans la lutte pour la vie, et retrouver le chemin de l'expérience mystique. Ils entendent être plus efficaces dans la compétition, tout en s'initiant aux secrets du transpersonnel. Ils veulent être plus employables, et plus aptes à l'abandon au grand Tout. Le rêve de beaucoup de nos contemporains est de devenir, grâce à une dynamisation de leurs possibilités cérébrales, des cadres performants et des chamans. La personne épanouie dont le développement personnel trace la figure idéale répond donc pleinement à leur attente, car elle tient à la fois du mystique et du *yuppie*, du yogi et de l'homme d'affaires, de Krishnamurti et de Bill Gates.

La tyrannie du Moi idéal

Ce modèle d'une vie surhumaine, victorieuse sur deux registres, témoigne d'une volonté de tout demander à la vie, qui est en parfait accord avec la culture de l'illimité qui se répand de nos jours dans les multiples domaines où s'exprime la sensibilité collective : l'exploit sportif, le dopage, les aventures de l'extrême, les prouesses scientifiques ou médicales, l'Internet, la drogue, les états modifiés de conscience (EMC), le souci de la forme physique, le rêve de la santé parfaite, le désir de longévité, l'aspiration à l'immortalité, la croyance dans la réincarnation. En raison de son ambition de cultiver l'extrême dans deux domaines antinomiques, affirmation du Moi et dissolution du Moi, réussite professionnelle et spiritualité, le développement personnel apparaît comme le fer de lance de cette culture de l'illimité.

Mais la médaille a peut-être son revers. Le rêve de la supraconscience ne nous réserve-t-il pas une désillusion ? À force d'entendre vanter l'actualisation du potentiel cérébral, les individus risquent en effet d'être gagnés par un sentiment de découragement. Certes, la vie intense qui leur est proposée a l'avantage de donner un sens à leur existence. « Vous possédez un immense potentiel psychologique, déclarent leurs formateurs. La réalisation de ce potentiel doit être désormais votre but. » Mais ce faisant, le développement personnel souligne cruellement l'écart entre ce qu'on est et ce qu'on pourrait être, entre le Moi réel et le Moi qui a actualisé son potentiel. Aux absolus extérieurs à soi, utopies politiques, révolution, progrès, salut, Dieu, le développement personnel substitue un absolu de soi, qui entraîne une tension au cœur de la personnalité. L'excellence n'a-t-elle pas un coût, parfois exorbitant[6] ? N'est-il pas dangereux de jouer sur l'héroïsation de soi-même, de faire vibrer la corde de l'autotranscendance,

6- N. Aubert et V. de Gaujelac, *Le Coût de l'excellence*, Seuil, 1991.

de l'autodivinisation ? Il nous paraît inévitable que, tôt ou tard, le face-à-face de l'individu avec l'absolu de soi provoquera une souffrance psychique.

Comparons, à cet égard, l'homme du 19e siècle et l'homme actuel. Au 19e siècle, les individus étaient obsédés par l'opposition du bien et du mal. Ils craignaient de se rendre coupables de transgressions, de franchir la ligne rouge des interdits. Ils s'alarmaient à l'idée que leurs fautes puissent être perçues par leurs semblables[7]. Leur Surmoi les persécutait. De nos jours, ce qui nous tourmente est, plus que l'opposition entre le bien et le mal, l'écart entre le Moi idéal et le Moi réel, entre la vie limitée et la vie illimitée, entre le cerveau à 10 % et le cerveau à 100 %. « Saurai-je échapper à une vie médiocre ? », se demande chacun avec anxiété. Le souci de l'accomplissement de soi devient torturant. La tyrannie du Moi idéal se substitue à celle du Surmoi. La crainte de la médiocrité remplace la crainte de la culpabilité.

Tel pourrait bien être, en définitive, l'effet pervers de la grisante aventure de la supraconscience. Le prométhéisme psychique du développement personnel risque de conduire l'homme de demain à une nouvelle forme de conscience malheureuse.

7- Le code minutieux du savoir-vivre au 19e siècle avait pour principale fonction de protéger contre le regard d'autrui.

Coaching

Issu du modèle sportif du « coach », le coaching est un accompagnement psychologique par un consultant personnel qui conseille un manager dans les choix professionnels et parfois privés.

Psychologie humaniste

Courant de la psychologie, né dans les années 1960, qui traite des besoins de réalisation de soi. Abraham Maslow (1908-1970) et Carl Rogers (1902-1987) en sont les deux figures principales.

PNL (programmation neuro-linguistique)

Méthode de changement personnel et de communication élaborée au milieu des années 1970 par les Américains Richard Bandler et John Gringer. La PNL vise à « apprendre à se servir de son cerveau ». Elle suppose l'existence de fonctionnement mental différents selon les individus (il y a les visuels, les auditifs, les kinesthésiques). C'est en prenant conscience des « programmes » de fonctionnement mental personnels que l'on peut parvenir à les utiliser ou à en changer (« reprogrammation »).

Pensée positive

Attitude qui repose sur le principe selon lequel tout individu possède un riche potentiel qu'il doit apprendre à utiliser et à développer: a) en combattant la tendance à la dévalorisation de soi, à l'anxiété et au pessimisme; b) en s'entraînant méthodiquement à se mobiliser en vue d'objectifs clairs et précis, à percevoir le futur avec confiance et à visualiser de façon créatrice les résultats espérés.

Analyse transactionnelle

Méthode d'analyse et de changement psychologique appliquée aux problèmes de la communication. Créée à la fin des années 1950 par Eric Berne, psychiatre et psychanalyste, l'analyse transactionnelle postule que la personnalité est constituée de trois éléments ou « états du moi »: le Parent, l'Adulte, l'Enfant. Dans nos rapports à autrui, nous endossons soit l'un de ces rôles (directif: le Parent, soumis: l'Enfant). L'analyse transactionnelle se veut également une méthode de changement personnel qui part de l'analyse de ses propres scénarios et positions de vie (attitude répétitive que l'on adopte face aux autres).

Méditation transcendantale

Méthode de relaxation popularisée par la secte du même nom, qui s'inspire de la psychologie scientifique et de la tradition hindoue. Son but affiché est de développer les potentiels physique et mental et de transcender les dualismes (sujet/objet, moi/autrui, esprit/corps), en particulier par la récitation de mantras empruntés à la tradition védique.

M. L.

Le changement personnel et les sciences humaines

Traditionnellement, le changement personnel a été délaissé voire méprisé par les sciences humaines.

En philosophie, les traditions de sagesse antiques sont avant tout des écoles de renoncement plutôt que de changement. Elles suggèrent de tempérer ses désirs plutôt que de mener de vaines luttes pour de vaines ambitions. Les sociologues non plus n'aiment pas trop le changement personnel, considéré comme une illusion et une injonction. L'illusion d'un sujet autonome qui croit fabriquer sa vie, sans mesurer le poids des influences sur sa destinée. C'est aussi l'injonction d'une société libérale qui veut mobiliser les individus en permanence, les poussant à être performants, toujours en mutation et adaptables. La psychologie enfin s'est surtout préoccupée du traitement des troubles – le domaine des psychothérapies – et a laissé le champ libre du changement personnel au marché florissant des vendeurs de « pensée positive ».

Aujourd'hui, les choses bougent. Le changement personnel commence à être pris au sérieux par le monde académique. Certes, nos sociétés valorisent le changement, l'épanouissement de soi, la performance (encore que cette idéologie ait prix ces derniers temps du plomb dans l'aile). Mais la volonté de changer a des causes profondes que les différents courants des sciences humaines, de la psychanalyse à la sociologie en passant par la philosophie, s'attachent désormais à vouloir comprendre.

La psychologie de la santé se préoccupe quant à elle désormais de décrypter comment changer si ce n'est sa vie, du moins son comportement. Les méthodes de « *self monitoring* » sont ainsi destinées à lutter contre les addictions : tabagisme, boulimie, jeux vidéo, etc. La plupart de ces méthodes s'appuient sur des techniques cognitives et comportementales.

L'essor « d'une psychologie de la vie quotidienne » destinée à affronter des problèmes existentiels : lutter contre le stress, les phobies, améliorer l'estime de soi, contrôler ses émotions ou mieux gérer sa vie au travail. Autant de pistes pour construire un savoir et peut-être des méthodes plus fiables pour accomplir au mieux son dur métier d'humain.

La sociologie admet enfin que la transformation de soi relève d'une dynamique profonde de la modernité. Une sociologie du changement personnel s'est amorcée avec l'observation de trajectoires atypiques sur les bifurcations de l'existence. Définir des projets de vie, tenter de les contrôler n'est pas qu'une illusion, mais le propre d'individus réflexifs qui aspirent à contrôler au mieux leur existence. Et l'un des buts de cette sociologie réflexive est de mettre au jours les stratégies individuelles qui accompagnent cette quête d'identité.

Jean-François Dortier

Contributeurs

Hugo Albandea
Journaliste scientifique.

Claudie Bert
Journaliste scientifique.

Sybille Buloup
Journaliste scientifique.

Antonia Csillik
Enseignante-chercheuse de psychologie de la santé, psychologie clinique, à l'université de Lorraine.

Jean Cottraux
Psychiatre honoraire des Hôpitaux au CHU de Lyon, habilité à la Direction de Recherche (HDR) et ancien directeur du DIU de thérapie cognitive et comportementale à l'université Lyon1. Il est notamment l'auteur aux éditions Odile Jacob de *Tous narcissiques* (2017) et *Sortir des émotions négatives* (2021), et de *Les psychothérapies cognitives et comportementales* (Masson 7e édition, 2020).

Muriel Darmon
Directrice de recherche au CNRS, elle est rattachée au Centre européen de sociologie et de science politique (CESSP) de l'EHESS.

Jean-François Dortier
Humanologue, fondateur de la revue *Sciences Humaines*, auteur de nombreux ouvrages dont *L'Homme cet étrange animal* et *Les Humains mode d'emploi* (Éditions Sciences Humaines).

Jean-Luc Emery
Psychiatre à l'unité de thérapie comportementale et cognitive de l'hôpital Sainte-Anne à Paris, directeur associé et coach à l'Institut français de l'anxiété et du stress. Coauteur avec Éric Albert de *Le Manager est un psy* (Éditions d'Organisation, 1998).

Michel Lacroix
Philosophe, maître de conférences émérite à l'université de Cergy-Pontoise. Auteur notamment de *Le Développement personnel* (Flammarion, 2000), *Le Culte de l'émotion* (Flammarion, 2001) et *Philosophie de la réalisation personnelle. Se construire dans la liberté* (Robert Laffont, 2013).

David Le Breton
Professeur émérite de sociologie à l'université de Strasbourg. Titulaire de la chaire « Anthropologie des mondes contemporains » à l'Institut des Études Avancées de l'Université de Strasbourg (USIAS). Il est notamment l'auteur de *La fin de la conversation ? La parole dans une société spectrale* (Métailié, 2024), *Cicatrices. L'existence dans la peau* (Métailié, 2024), *Anthropologie des émotions. Être affectivement au monde* (Petit Bibliothèque Payot, 2021) et de *Marcher la vie. Un art tranquille du bonheur* (Métailié, 2020).

Loïc Le Pape
Sociologue, chercheur associé Centre européen de sociologie et de sciences politiques (CESSP), CNRS, EHESS, Université Paris 1 Panthéon-Sorbonne.

Héloïse Lhérété
Directrice de la rédaction de *Sciences Humaines*. Elle a dirigé de nombreux ouvrages aux éditions Sciences Humaines comme *Revivre après une épreuve*, *Les psychothérapies*, *Les Sagesses antiques* ou bien encore *La psychologie de l'enfant en 30 questions.*

Edmond Marc
Psychologue, professeur émérite de psychologie à l'université Paris-Nanterre. Membre honoraire de la Société Française de Psychanalyse Intégrative. Il a écrit de nombreux ouvrages sur les psychothérapies dont *Comment les psychothérapies nous aident à changer* (Enrick B Éditions, 2023), *Le nouveau guide des psychothérapies* (Enrick B Éditions, 2023) ou bien encore *Regards croisés sur la psychothérapie* avec Chantal Masquelier (Enrick B Éditions, 2020).

Claire Marin
Philosophe et écrivaine, professeure de philosophie en classe préparatoire aux grandes écoles et membre associée de l'ENS-Ulm. Elle a publié, entre autres, *Rupture(s)* (L'Observatoire, 2019) et *Être à sa place. Habiter sa vie, habiter son corps* (L'Observatoire, 2022).

Laurent Schmitt
Professeur émérite de psychiatrie à la faculté de santé de l'université Toulouse III-Paul Sabatier et consultant des hôpitaux. Il est notamment l'auteur aux éditions Odile Jacob de *Les Lapsus du destin. Nos choix de vie* (2023), *Le Secret* (2017), *Le Bal des ego* (2014) et *Du temps pour soi* (2010).

Marc-Henry Soulet
Professeur émérite de sociologie à l'université de Fribourg (Suisse).

Anne-Claire Thérizols
Journaliste scientifique.

Mariette Thom
Journaliste scientifique. Elle travaille principalement pour *Philonomist*, média de *Philosophie magazine* spécialisé sur le monde du travail, mais écrit également pour d›autres médias tels *Sciences Humaines* et *Reporterre*.

Fabien Trécourt
Journaliste scientifique.

Dans la collection Barbara

L'Amour. Un besoin vital
1 000 façons d'aimer Le couple réinventé
Ouvrage collectif, 2016.

L'art d'éduquer ses enfants
Sous la direction de Martine Fournier, 2017.

La Philosophie. Un art de vivre
Sous la direction de Catherine Halpern, 2017.

Psychologie de la connerie
Sous la direction de Jean-François Marmion, 2018.

Histoires de pionnières
Sous la direction de Martine Fournier, 2018.

Histoire universelle de la connerie
Sous la direction de Jean-François Marmion, 2019.

Psychologie des beaux et des moches
Sous la direction de Jean-François Marmion, 2020.

Psychologie de la connerie en politique
Sous la direction de Jean-François Marmion, 2020.

Psychologie de la motivation
Sous la direction d'Héloïse Lhérété, 2021.

Revivre après une épreuve
Sous la direction d'Héloïse Lhérété, 2021.

Psychologie des animaux
Sous la direction de Jean-François Marmion, 2022.

Les Lumières. Une révolution de la pensée
Sous la direction de Laurent Testot, 2022.

La grande histoire du féminisme
Sous la direction de Maud Navarre, 2022.

Psychologie de la manipulation
Sous la direction de Benoît Heilbrunn, 2023.

Les Mères. La grande histoire de la maternité
Sous la direction de Martine Fournier
et Cécile Peltier, 2023.

Les Sagesses antiques
Sous la direction d'Héloïse Lhérété, 2023.

Magie et sorcellerie
Sous la direction de Jean-François Dortier, 2023.

Corps et esprit
Sous la direction de Marc Olano, 2023.

Les Psychothérapies
Sous la direction d'Héloïse Lhérété, 2023.

La Grande histoire de l'Afrique
Sous la direction de Laurent Testot, 2023.

Psychologie de la connerie en amour
Sous la direction de Jean-François Marmion, 2023.

Histoire des utopies
Sous la direction de Laurent Testot, 2024.

L'Éducation positive face à ses limites
Sous la direction de Béatrice Kammerer
et Héloïse Lhérété, 2024.

Humanisme. Le destin d'une grande idée
Sous la direction de Nicolas Journet, 2024.

Psychologie des émotions
Collectif, 2024.

La Grande histoire de la Chine
Sous la direction de Laurent Testot, 2024.

Ce livre est issu d'articles revus et augmentés parus dans *Sciences Humaines*.

Achevé d'imprimer en janvier 2025 par Laballery - 409665
Dépôt légal : premier trimestre 2025

L'aventure prométhéenne du développement personnel, *Michel Lacroix* 247

Contributeurs 267

Sommaire

Changer de vie, une ambition moderne,
Fabien Trécourt 9

Le syndrome de la chambre d'hôte,
Héloïse Lhérété 21

Changer pourquoi, changer comment ?
Claudie Bert 31

Changer sa vie : une question sociologique,
Marc-Henry Soulet 41

Comment changer ?
Jean-François Dortier 57

Pourquoi est-il si difficile de changer ?
Jean Cottraux 67

Prêt à sauter le pas ? *Laurent Schmitt* 79

Le rôle des émotions, *Jean-Luc Emery* 91

Changer tout en restant soi-même, *Jean Cottraux* 107

Nous avons besoin de recommencements.
Entretien avec *Claire Marin* 123

La reconversion, tout un travail ! *Mariette Thom* 131

Sculpter son corps pour se réinventer,
David Le Breton 145

Maigrir, une entreprise collective,
Muriel Darmon 155

Changer de vie sans en changer vraiment :
la conversion religieuse, *Loïc Le Pape* 165

Des spiritualités à la demande, *Sybille Buloup* 185

Aider l'autre à changer, *Antonia Csillik* 195

Les clés de la transformation de soi, *Edmond Marc* 205

Maintenant ou jamais !
Peut-on changer de vie à tout âge ?
Jean-François Dortier 225

Les forces d'inertie au changement,
Jean-François Dortier 239

collection

CHANGER DE VIE

collection